나의 첫사랑 레시피

23 나의 첫사랑 레시피

조정현 장편소설

2019년 11월 29일 초판 1쇄 발행
2021년 4월 24일 초판 4쇄 발행

펴낸이 한철희 │ 펴낸곳 돌베개 │ 등록 1979년 8월 25일 제406-2003-000018호
주소 (10881) 경기도 파주시 회동길 77-20 (문발동)
전화 (031) 955-5020 │ 팩스 (031) 955-5050
홈페이지 www.dolbegae.co.kr │ 전자우편 book@dolbegae.co.kr
블로그 blog.naver.com/imdol79 │ 트위터 @Dolbegae79 │ 페이스북 /dolbegae

주간 김수한 │ 편집 권영민
표지디자인 김하얀 │ 본문디자인 김하얀·이연경
마케팅 심찬식·고운성·한광재 │ 제작·관리 윤국중·이수민·한누리
인쇄·제본 상지사 P&B

ISBN 978-89-7199-985-1 (44810)
ISBN 978-89-7199-432-0 (세트)

책값은 뒤표지에 있습니다.

이 도서의 국립중앙도서관 출판시도서목록(CIP)은 서지정보유통지원시스템 홈페이지
(http://seoji.nl.go.kr)와 국가자료공동목록시스템(http://www.nl.go.kr/kolisnet)에서
이용하실 수 있습니다.(CIP제어번호: CIP2019044041)

나의 첫사랑 레시피

조정현 장편소설

돌베
개

차례

1.
사랑은 무리수

"사랑 이야기 해 주세요."

봄이라기엔 너무 덥고, 봄이라기엔 미세먼지도 없는 금요일 오후 5교시. 웬 생뚱맞은 소리가 나른한 공기를 휘젓고 지나갔다. 서윤은 반쯤 감긴 눈을 떠 재빨리 벽시계를 확인했다. 1시 41분, 그리고 초침이 일곱 번째 마디를 건너는 참이었다. 아이들이 "우우―" 야유를 보냈다. 수학 선생이 아니라 바보 같은 김휘곤을 향해. 수학의 별명은 '인저리 타임'. 잡담 시간을 초까지 계산해 쉬는 시간에 채우고야 만다. 서윤은 체리를 보며 고개를 절레절레 저었다. 휘곤의 대사가 틀린 것도 거슬렸다. 정확한 대사는 '사랑 이야기'가 아니라 '첫사랑 이야기'다. 수업을 하기 싫을 때 가끔 써먹는 전략이지만 그것도 상대를 보아 가며 해야지. 새로 온 선생이나 처녀 총각 선생한테나 먹힐 전략을 일생 사랑이라는 단어랑은 관련이 없을 것 같은 아줌마에게 쓰다니……. 아니나 다를까 수학 선생이 손목시계를 빼 교탁 위에 놓았다.

"1분 지났어. 다들, 이 얘기 더 하고 싶어?"

"네"라고 말한 사람은 단 한 명. 다행히 "아니요"라고 질색하는 아이들이 더 많았다. 수학 선생은 시계를 흘긋 보더니 휘곤에게 물었다.

"너, 진짜로 사랑 이야기가 궁금한 거야?"

정해진 대답이 "아니요"라는 것쯤 눈치챌 만도 한데, 휘곤은 다시 "네"라고 말했다.

"관종은 아닌 줄 알았는데 쟤 왜 저러니?"

속이 터진 나머지 서윤은 옆자리 체리에게 짜증을 냈다. 체리는 "5교시잖아."라고 말했다. 체리가 휘곤을 두둔하는 것 같아 마음에 들지 않았다. 수업은 여전히 중단 중이었고, 그사이에도 초침은 움직이고 있었다. 끝나자마자 사이다를 사려고 했는데, 망했다는 생각이 들었다. 서윤은 원망스러운 눈초리로 휘곤과 선생을 번갈아 보았다.

"졸리지, 김휘곤? 그러면 방법이 있지. 자, 책상과 의자 가지고 여기로 와."

선생이 교탁 옆자리를 손으로 가리키자 교실에 안도의 웃음이 와그르르 퍼졌다. 다행히 김휘곤은 군말 없이 책상과 의자를 들고 교탁 옆으로 갔다. "2분 20초." 선생은 보드에 이렇게 써 놓고는 수업을 시작했다. 수업 종료 종이 울릴 때까지 휘곤은 계속 보드 앞으로 불려 나와 문제를 풀어야 했다. 종료 종이 울리자마자 선생이 교과서를 덮었다. 서윤은 혹시나 눈을 반짝이며 체리를 보았다.

"너희들 무리수 알지?"

하지만 이내 이어진 수학의 말에 서윤은 다시 휘곤을 노려보며 체리에게 중얼거렸다.

"망했어! 사이다 사 와야 빙수 해 먹는데!"

"뭐라고? 사이다가 없어?"

체리의 입술 양끝이 무거운 추가 달린 듯 아래로 처졌다. 하지만 더 이상 불평할 수 없었다. 선생이 다시 경고의 의미로 시계를 들었던 것이다.

"오늘 인저리 타임엔 특별히 진도는 안 나가겠어. 얘가 진짜로 듣고 싶다고 했으니, 나도 진지하게 말해 주려고. 너희가 궁금한 건 귀납법으로서의 사랑 이야기겠지만, 사실 그런 건 별로 도움이 안 돼. 그래서 너희가 연역법을 써먹을 수 있게 알려 주려고 해. 한마디로 사랑은 무리수다. 거기, 웃는 너희들, 무리수 대신 무리라고 생각했지? 물론 사랑이 무리인 사람도 있겠지. 어쨌든, 너희 생각과는 달리 사랑은 유리수가 아니야. 유리수처럼 확실해 보이지만 결코 그럴 수 없어. 이렇게 말해도 너희들은 바보니까 계속 유리수일 거라고 믿으며 시행착오를 하겠지. 하지만 아무리 많은 경험치가 쌓여도 결국은 알게 될 거야, 내 말이 진리였다는 걸. 귀납법이든 연역법이든 같은 결론에 이른다면 시간 낭비 많은 귀납법보다 연역법이 낫지 않겠니? 특히 너희들은 시간을 잘 써야 하는 때니까, 답도 없는 불확실한 거 풀어 보겠다고 끙끙대지 말고, 확실한 공부, 그중에서도 수학을 공부하도록. 2분 20초 끝. 이상!"

선생이 나가자 아이들이 뛰쳐나갔다. 서윤은 수업 때와 마찬가지로 휘곤을 노려보았다. "그만 봐!"라고 체리가 속삭였다. 서윤은 원망스러운 눈빛으로 체리를 보았다.

"저 바보 같은 개피곤 때문에 내 레시피가 망했는데, 노려보지도 말라고?"

"네가 톡에 과일 젤리 만든다고 해서 빙수는 생각도 못 했어. 그런데 사이다는 왜 안 가져왔어?"

"차가워야 하니까."

"아, 아깝다. 그냥 젤리라도 먹을까?"

체리는 서윤의 의자 밑에 있던 커다란 도시락 가방을 꺼냈다. 서윤은 깜짝 놀라 체리의 손을 치웠다.

"열면 더 녹아."

"그럼 지금이라도 사이다 사 올까? 다음 쉬는 시간에 먹게."

"안 돼. 이 보냉 박스도 한 시간을 더 견뎌 줄 수는 없을 거라고. 다 망쳤어. 저 개피곤 때문에……."

다시 휘곤을 원망하려는 순간, 휘곤이 손에 카메라와 보온병을 들고 서윤과 체리 자리로 다가왔다. 서윤은 얼른 입을 다물었다. 개피곤. 이름 때문에 생긴 별명이기는 하지만 체육 시간이 끝나고 늘어져 있는 휘곤을 볼 때마다 정말 잘 맞는 별명이라는 생각이 들었다. 그래서인지 어떤 때는 대놓고 말할 수가 없었다. 휘곤은 서윤이 자신을 욕하고 있다는 것을 아는지 모르는지 싱글벙글한 표정을 짓고 있었다.

"민서윤, 자, 이거! 오늘은 빙수라고 했지?"

서윤은 휘곤이 내민 보온병을 심드렁하게 올려다보았다.

"이게 뭔데?"

"어제 네가 단톡에 사이다 얘기 했잖아. 매점 사이다는 별로 차갑지 않아서 내가 우리 집 냉장고에 있던 거 담아 온 거야. 아직 시원할걸?"

휘곤의 말에 체리는 눈동자를 반짝거리며 서둘러 보냉 박스를 열었다. 갑자기 쉬는 시간이 충분해졌다. 이런 센스도 있는 아이가 방금 전에는 왜 그랬는지…….

"우와, 이게 다 직접 만든 젤리라고? 엄청 귀엽다. 그런데 얼음은 없네? 빙수 아냐?"

"학교에서는 얼음을 갈 수가 없잖아. 그래서 원소병을 생각해 냈지."

"원소병이 뭔데?"

휘곤이 카메라를 만지작거리며 물었다.

"동글동글한 떡에 시원한 꿀물을 부어서 먹는 전통 음료. 엄마네 호텔에서 먹어 봤는데, 내 입맛엔 별로였어. 하지만 모양이 예뻐서 연구해 본 거지. 떡 대신 젤리가 좋을 것 같더라고."

"우와, 역시 민서윤. 젤리 진짜 맛있어. 이 노란 건 망고구나? 완전 귀여워!"

"과일 사느라 용돈을 거의 다 썼지 뭐야. 그래서 오늘 망할까 봐 짜증났었는데……."

서윤이 휘곤을 다시 한번 쳐다보자 체리가 그 시선을 막으려
는 듯 차가운 셔벗 잔에 일곱 가지 과일 젤리를 쏟았다. 과일 젤
리들이 색구슬처럼 영롱했다.

"잠깐!"

영상 모드로 쏟아지는 젤리를 찍던 휘곤이 카메라를 사진 모
드로 바꾸더니 몇 컷을 더 찍었다. 체리가 보온병 뚜껑에 손을
대며 휘곤을 보았다.

"어, 이제 사이다 부어도 돼!"

보온병 뚜껑을 열자 사이다가 분수처럼 치이익 쏟아져 나왔
다. 체리는 비명을 지르고 서윤은 휘곤을 노려보았다.

"야! 너 일부러 흔들었지!"

"아니! 내가 이런 장난을 왜? 오늘 업데이트한다고 채널에
공지도 했는데!"

"흥! 구독자도 없는 유튜브……."

"괜찮아, 많이 안 흘렸어. 옷에도 안 튀었고. 이제 붓는다?"

체리의 말에 서윤은 고개를 끄덕였다.

스사삭, 투명한 기포들이 차가운 셔벗 잔에 뽀그르르 가라앉
으며 과일 젤리들 곁으로 모여들었다.

"맛있겠다! 이제 먹어도 돼?"

"아니, 잠깐만."

서윤은 보냉백 안쪽 주머니에서 레몬과 민트 잎을 꺼내 셔벗
잔에 끼웠다.

"자, 이제 완성."

휘곤이 마지막 사진을 찍자마자 체리가 숟가락으로 크게 떠서 먹었다. 그 뒤를 이어 휘곤과 서윤도 한 숟가락씩. 예상했던 맛이지만, 여러 과일이 어우러지니 훨씬 맛있었다.

"어때? 이번 레시피는?"

체리가 고개를 크게 끄덕였다.

"오오, 민서윤! 또 성공했네요—"

"그런데 너무 단 것 같지 않아?"

휘곤의 말에 서윤의 얼굴색이 변했다. 그때 지나가던 남자아이 하나가 휘곤의 뒤통수를 툭 쳤다.

"오오, 김휘곤— 연체리랑 민서윤? 이래서 사랑에 관심이 생긴 거였어?"

휘곤이 멍한 표정을 짓자 서윤이 남자아이의 셔츠를 붙잡고는 쏘아붙였다.

"무슨 소리니? 우리들, 같은 모둠이라는 거 몰라?"

서윤의 사나운 눈길에 남자아이는 머쓱한 표정이 되었다.

"그게 아니라, 이 자식이 수학 시간에 이상한 소리를 하니까……."

"그런데 왜 우리까지 끌어들이냐고?"

체리도 서윤의 편에 서서 남자아이에게 따져 물었다. 휘곤은 카메라를 정리하고는 셔벗 잔에 남아 있던 것을 한 번에 들이마셨다. 그러고는 남자아이를 향해 말했다.

"사랑에 관심 없는 인간은 없어."

2.
사이즈가 없으세요

"민서윤, 가자!"

종례가 끝나자마자 체리는 가방을 챙기기 시작했다.

"너희, 자율 학습 안 해?"

마침 뒤를 돌아본 휘곤이 의아한 표정으로 물었다.

"학원."

서윤이 대충 둘러댔는데도, 휘곤은 고개를 갸웃거리며 어슬렁어슬렁 서윤의 자리로 왔다.

"너희, 금요일엔 8시부터……."

"김휘곤, 쉿!"

체리가 날카롭게 째려보자 휘곤의 입이 겁먹은 개의 꼬리처럼 늘어졌다. 서윤은 고개를 절레절레 저었다.

"담임 안 나갔는데, 그렇게 큰 소리로 말하면 어떻게 해?"

체리의 말에 휘곤은 고개를 끄덕이더니 속삭였다.

"집에 가려고?"

"너랑 무슨 상관이야?"

서윤은 짜증스럽게 쏘아붙였다. 하여간 눈치 없기로는 최고다. 서윤은 애초에 모둠을 함께 하자고 한 체리를 원망스럽게 쳐다보았다. 체리는 서윤을 진정시키며 휘곤에게 속삭였다.

"우리 옷 사러 동대문 가기로 했단 말이야. 오늘 아니면 시간도 없고……."

서윤은 계획을 말해 주는 체리가 마음에 들지 않았다. 모둠을 함께 한 탓에 체리와 서윤만 알고 있던 걸 자꾸 휘곤이 알게 된다. 그리고 휘곤은 상상 이상으로 눈치가 없다.

"개피곤, 너 말하면 죽어!"

서윤의 말에 휘곤은 히죽 웃더니 자기 자리로 뛰어갔다. 체리가 팔꿈치로 서윤을 툭 쳤다.

"너는 사람을 앞에 놓고 어떻게 개피곤이라고 할 수 있냐?"

"뭐 어때? 저도 아는 별명인데."

"그렇지만 속상할 거 아냐. 알고 보면 착한 앤데……."

뭐가 착하냐고 반론을 하려는데 휘곤이 싱글벙글 웃으며 색동 천으로 만든 지갑을 서윤에게 불쑥 내밀었다.

"뭐야?"

"웍 사러 가자."

"웍이 뭐야?"

체리가 입술을 앞으로 내밀며 몇 번 웍이라고 중얼거리자,

서윤은 몇 주 전에 휘곤에게 웍을 갖고 싶다고 했던 것이 떠올랐다.

"웍이라니? 우리 동대문 간다니까?"

"동대문 가까이에 그릇 가게가 있었어. 그런데 민서윤, 궁금한 게 있어. 중국 음식 만드는 프라이팬인데 왜 독일 걸 사고 싶은 거야?"

"독일 거 아니거든?"

"아무튼 너무 비싸잖아. 다행히 지난주에 할머니가 와서 돈이 생겼다는. 같이 가자."

웍이라는 말을 들으니 서윤은 마음이 흔들렸다. 그것을 눈치챘는지 체리가 고개를 끄덕였다.

"다음 레시피는 중국요리겠네? 그럼 웍을 먼저 사고 나서 옷을 사자! 옷 사는 시간이 더 걸릴 테니까."

학교를 나오자 서윤은 은박지에 싼 주먹밥을 도시락 가방에서 꺼내 체리에게 건넸다. 주먹밥을 건네받으며 체리가 물었다.

"그런데 김휘곤은 왜 그걸 너한테 사 주는 거야?"

"음, 몰라, 저번에 사 주겠다고 하기에 농담인 줄 알았는데……."

"그게 다라고?"

"우리 모둠 숙제가 요리라서 그런가?"

"우리가 하려는 건 중국요리가 아니잖아. 왜지? 민서윤, 혹시…… 김휘곤이 널 좋아하나?"

서윤은 어이가 없어 체리를 노려보았다.

"연체리, 취소해! 이게 다 너 때문이잖아! 도시락 들킨 다음부터 계속 우리 도시락 얻어먹으려고 어슬렁거리고, 모둠 같이하기로 한 다음부터는 아예 당연하게……. 얼른 취소해!"

"알았어, 알았어. 그런데 취소는 취소인데, 휘곤이가 도시락먹는 건 너도 괜찮은 거 아니었어? 요즘엔 너도 3인분씩 싸 오잖아."

서윤은 아무것도 모르는 체리를 보며 한숨을 쉬었다. 한번끼어든 뒤로 휘곤은 서윤이 도시락을 열 때마다 나타났다. 얼핏 감시를 당하고 있나 싶을 만큼, 어쩌다 돌아보면 늘 휘곤과눈이 마주쳤다. 휘곤이 찍은 음식 사진과 동영상이 마음에 들어서 처음 몇 번은 모르는 체 나누어 먹었지만, 체리만 주려던도시락까지 나누다 보니 짜증이 났다.

"너는 어쩌면 이렇게 염치가 없니? 매일 얻어먹기만 하는 게미안하지도 않아?"

"오, 민서윤— 염치라는 말도 아네? 너 할머니랑 사냐?"

너무 심하게 말했다고 걱정했는데, 휘곤은 이상한 부분에서좋아했다. 서윤은 더 이상 아무 말도 하지 않기로 했다. 무슨 말을 해도 휘곤은 레트리버 같은 얼굴로 히죽 웃을 뿐이었다. 그리고 얼마 지나지 않아 서윤은 휘곤이 염치가 없는 것은 아니라는 것을 알게 되었다.

"자, 음식값."

휘곤이 내민 것은 크리스털로 만든 유리잔 세 개였다. 얼마전, 체리와 함께 인터넷에서 구경한 셔벗 잔이었다. 휘곤은 머쓱한 표정으로 말했다.

"그렇잖아도 뭐든 돕고 싶었어. 예쁜 그릇이 있으면 음식 사진도 훨씬 예쁠 테고……."

서윤은 괜찮다고 하고 싶었지만, 그러기에는 셔벗 잔이 너무 영롱하게 빛났다. 모둠을 짤 때 서윤이 적극적으로 반대하지 않은 것도, 도시락을 2.5인분 싸는 것도 어쩌면 셔벗 잔 때문이었을 것이다. 하지만 욕은 기대하지 않았다. 주물이라 원래 비싸지만, 서윤이 갖고 싶은 수입 제품은 훨씬 비쌌다. 앞으로 몇 개월 동안 아빠를 세뇌해 크리스마스 선물로 받아 내 볼까 했는데, 이렇게 빨리 갖게 될 줄은 몰랐다.

"앗, 땅콩 가루 아까워!"

휘곤이 주먹밥의 은박 포장을 벗기며 부산을 떨었다. 야물지 못한 손길에 땅콩 가루가 투둑 떨어지고 있었다. 체리가 빼앗아 은박지로 먹기 좋게 싸 주자 휘곤은 싱글벙글 웃었다.

"아, 한꺼번에 다 벗기면 안 되는 거였네. 이 주먹밥도 네가 발명한 요리냐? 맛있어."

서윤은 조심조심 먹고 있는 휘곤의 모습에 이번 레시피는 실패라고 생각했다.

"어떻게 김 대신에 땅콩 가루를 생각했어? 역시 민서윤은 요리 천재야."

체리가 오도독 땅콩을 씹으며 말했다.

"역시 땅콩보다는 그냥 김이 낫겠어. 고소한 맛도 잘 안 어울리고……."

"난 좋아. 정말 마음에 들어."

휘곤이 웃으며 나머지를 입에 털어 넣었다. 그 모습을 보자, 성공도 아니지만 실패도 아니라는 생각이 들었다. 서윤은 싱긋 웃었다. 기분 좋은 저녁이었다. 아직 해도 지지 않았고, 바람도 살랑살랑 부는 데다, 그릇 가게들이 연이어 있는 거리였다. 마음 같아서는 가게들을 다 들러 보고 싶었지만, 빨리 옷을 사러 가야 한다는 체리의 재촉에 바로 그릇 가게로 갔다. 그리고 묵직한 검은 쇳덩어리와 든든한 나무 손잡이로 만든 웍을 샀다. 휘곤의 촌스러운 색동 천 지갑만 빼면 정말 완벽한 광경이었다. 휘곤은 서윤이 든 쇼핑백을 빼앗아 들었다. 무거우니까 자신이 들겠다는 것이었다. 체리가 휘곤에게 멋있다고 칭찬해 주었다. 정말 완벽하게 기분 좋은 저녁이었다. 옷 가게에 가기 전까지는…….

"걸스라고, 우리 엄마가 내 옷 많이 사 오는 집이야. 예쁜 옷이 많으니, 기대해."

서윤은 설레었다. 휘곤의 손에 들린 쇼핑백도 좋았지만, 그동안 체리가 입었던 옷들을 생각하니 더 빨리 걸을 수 없는 게 아쉬울 정도였다. 학교 밖에서 체리는 항상 예쁜 옷을 입고 있었다. 말로는 그냥 집에서 입는 옷이라는데, 잡지에 나오는 옷들보다 더 예쁜 것 같았다. 그 예쁜 옷을 파는 가게에 간다고 생각하니, 지갑에 든 돈이 적은 게 아쉬울 뿐이었다. 하지만 가게에 도착했을 때, 서윤은 돈 걱정을 하지 않아도 된다는 것을 알게 되었다.

"손님, 손님 사이즈는 저희 매장엔 없으십니다."

서윤이 체리와 떨어져 원피스들을 하나둘 보고 있을 때였다. 화장을 진하게 한 점원이 불쑥 옆으로 오더니 이렇게 말했다.

"네? 없으⋯⋯세요?"

처음에는 잘못 들었다고 믿었다. 그런데 점원은 자신이 실수한 것을 아는지 모르는지 마네킹 같은 미소를 지으며 서윤을 보았다. 아무리 생각해도 이상한 말이었다. 사이즈가 없으시다니, 아무리 생각해도 사이즈는 존대를 받을 주어가 아니었다. '어떻게 존댓말도 제대로 쓰지 못할까?' 서윤은 곰곰 생각하며 다른 쪽 옷걸이를 뒤적였다.

"서윤아, 이거 어때? 너한테 잘 어울릴 것 같아."

저쪽에서 체리가 노란색 투피스를 들어 보였다. 서윤은 체리가 건네준 옷을 거울에 대 보았다. 그러자 체리가 탈의실 문을 열었다.

"옷은 입어 봐야 해."

서윤은 두근거리는 마음으로 탈의실로 들어갔다. 하지만 치마를 갈아입다가 허리가 여며지지 않는다는 것을 알았다. 서윤은 살짝 한숨을 쉬고는 다시 교복으로 갈아입고 밖으로 나왔다.

"체리야, 이거보다 큰 건 없니?"

서윤의 물음에 아까 그 점원이 앞으로 나섰다.

"손님, 아까 말했잖아요. 이 매장은 다 아가씨 사이즈시라고. 그러니까 자꾸 입어 보지 마셨으면 좋겠어요."

점원은 서윤이 꺼내 놓은 검정 치마, 연분홍 시폰 원피스, 흰

색 조끼 등을 팔에 걸치고 있었다. 굉장히 피곤하고, 짜증스러운 표정이었다. 서윤은 마치 꾸중을 듣는 기분이 들었다. 그때 날카로운 손길이 서윤의 손에서 투피스를 걷어 갔다. 체리였다.

"저기요, 입어 보는 건 자유 아니에요? 서윤아, 가자!"

체리는 투피스를 점원의 손에 던지다시피 하고는 서윤의 손을 잡고 밖으로 나갔다. 밖으로 나오니 해가 조금씩 지구 반대편으로 뒷걸음치는 중이었다. 얼굴이 하늘 색처럼 붉게 변한 체리가 씩씩거리자, 휘곤이 가게를 돌아보며 중얼거렸다.

"저 사람 웃긴다. 돈 벌기 싫은가 봐?"

"그러니까! 사이즈가 없으니까 다음에 더 큰 걸 갖다 놓겠다고 하면 될걸."

체리도 고개를 끄덕이며 서윤을 보았다. 서윤은 체리가 맞장구를 쳐 주는데도 왠지 위로가 되지 않았다. 휘곤이 주위를 둘러보며 물었다.

"다른 가게로 갈 거야?"

휘곤의 말에 체리가 서윤을 흘깃 보았다. 체리가 자신의 눈치를 본다는 것을 알았지만, 서윤은 사이즈를 존경하는 그 점원의 말이 계속 귀에 맴돌아 옷을 살 기분이 아니었다. 체리가 서윤을 슬쩍 보더니 앞쪽 건물을 손으로 가리키며 말했다.

"김휘곤, 오늘은 그냥 커피나 마시고 가자. 옷은 기분 좋을 때 사는 거야."

"나는 쓴 커피는 싫은데……."

아무튼 눈치라곤 없는 애였다.

"커피만 파는 데가 어디 있어? 내가 되게 맛있는 케이크 집을 알아. 가자!"

서윤은 체리가 있어서 다행이라고 생각했다. 아니었다면 뭐이고 뭐고 휘곤에게 한바탕 짜증을 부렸을 테니. 카페로 가는데, 원피스가 눈앞에 아른거렸다. 입었을 때 무릎까지 오는 길이였으니 체리가 입었다면 허벅지 중간에서 찰랑거렸을 것이다. 상상해 보니 그 길이에서 가장 예쁠 것 같았다. 말하자면 체리에게나 어울릴 만한 옷. 갑자기 점원이 이해가 되었다. 누구나 예쁜 것을 더 좋아하니까. 하지만 점원을 이해하는 자신이 싫어졌다. 카페에 도착했지만 서윤은 케이크를 주문할 기분이 아니었다.

3.
몽글몽글 완벽한

"주먹밥도 레시피 공책에 기록할 거지?"

커피와 케이크를 기다리며 체리는 서윤의 기분을 풀어 주기 위해 이렇게 물었다. 서윤은 고개를 저었다. 아까까지만 해도 조금 보완만 하면 되겠다고 생각했지만, 지금은 왠지 완전히 망한 레시피 같았다.

"왜?"

체리가 얼굴을 찡그렸다. 휘곤이 눈을 끔벅이며 물었다.

"레시피 공책? 그게 뭐야?"

"있어, 민서윤의 보물 공책."

"보물…… 공책? 그런 게 뭔데?"

"서윤이 요리 아이디어가 담긴 보물 레시피. 서윤아, 그거 4학년 때부터 쓰기 시작한 거지?"

체리의 말에 휘곤의 눈이 동그래졌다. 체리는 대답을 기다리지 않고 휘곤에게 레시피 공책 자랑을 늘어놓기 시작했다.

"그러니까…… 한 5년, 6년? 아주 완벽한 보물이지. 그 공책에는 완벽한 레시피만 남거든."

체리는 마치 자기 것인 듯 의기양양했다. 체리의 눈동자가 카페 핀 조명에 부딪쳐 별처럼 반짝였다. 서윤은 새삼 체리가 예쁘다고 생각했다. 문득, 체리를 처음 만났을 때가 생각났다. 체리는 서윤이 본 두 번째 완벽한 것이었다.

"맞지? 너, 나 때문에 레시피 공책 만든 거라고 했잖아. 우리 처음 만난 게 내가 엄마랑 이사 왔던 4학년 때니까……."

4학년 봄에 처음 만난 체리는 2학년밖에 안 되어 보이는 작고 가느다란 아이였다. 체리의 엄마는 이혼하고 서윤이 사는 아파트로 이사 온 참이었다. 서윤은 체리의 눈이 고양이 같다고 생각했다. 얼굴의 반을 차지할 것 같은 아몬드 모양의 눈동자가 반짝반짝 예뻤다. 서윤은 가슴이 몽글몽글한 느낌이었다. 3학년 때 엄마가 일하는 호텔 베이커리에서 웨딩 케이크를 본 이후로 처음 드는 기분이었다. 완벽하게 마음에 들 때 가슴이 몽글몽글 간지럽다는 것도 그때 처음 알았다. 하지만 체리 이후로는 오랫동안 그런 기분을 느끼지 못했다. 레시피 공책을 채울 때마다 서윤은 언젠가는 그런 기분을 느끼고 싶다는 생각을 했다. 체리는 요리가 완성될 때마다 완벽하다고 호들갑을 떨지만, 서윤의 가슴은 정직했다. 아직까지 그런 몽글몽글한 기분이 피어오른 적은 없었다.

"아니야. 4학년 전에도 그렸었어."

서윤은 갑자기 기분이 나빠졌다. 하지만 체리는 "그래?" 하고는 다시 휘곤과 대화를 이어 갔다. 그 웨딩 케이크를 그림 일기장에 그렸던 것이 서윤의 첫 레시피였다. 하지만 제대로 된 레시피 공책이 시작된 것은 체리 말대로 4학년 때였다. 그 전까지 음식을 그린 거였다면, 4학년 때부터는 드디어 요리법을 적기 시작했으니까.

"연체리, 너는 그 레시피 공책에 있는 요리 다 먹어 봤어?"

휘곤이 시선은 서윤을 향한 채 체리에게 물었다.

"그럼! 레시피 공책 1번 요리가 비빔밥인데, 그게 나한테 해 준 거거든."

"사실 그건 레시피에 넣으면 안 되는데……. 외할머니가 갖다주신 나물에 밥이랑 고추장만 넣은 거니까."

"빼면 안 돼! 그 맛을 잊을 수 없다고! 엄마가 해 준 것보다 훨씬 맛있었단 말이야."

체리의 말에 휘곤이 고개를 끄덕였다.

"할머니 나물은 엄마가 만든 것보다 맛있지."

서윤은 휘곤의 말이 맞다고 생각하면서도 자연스레 대화에 끼어드는 것이 밉살스러웠다. 뭐라고 한마디 해 주려는데, 마침 진동 벨이 울려 휘곤이 자리에서 일어났다. 체리는 휘곤이 갖고 오는 케이크를 보며 한숨을 쉬었다.

"아, 네가 만들어 준 그 벚꽃 케이크, 아니 벚꽃 퀼트 먹고 싶다. 내일 싸 오면 안 돼?"

"헐, 내일이라고? 넌 그게 얼마나 어려운지 모르지?"

서윤은 고개를 절레절레 저었다.

"하지만 얼마나 맛있는지는 알아."

체리는 혀를 살짝 내밀고는 마침 휘곤이 가져온 케이크를 한 스푼 떠먹었다. 순간 밤새 만들면 내일 가져갈 수도 있다는 생각이 얼핏 스쳤다. 하지만 얼른 고개를 흔들었다. 만드느라 힘든 것도 문제지만, 담을 상자도 사야 하고 무엇보다 택시를 타고 가야 한다.

벚꽃 퀼트를 학교에 가져간 건 고등학생이 된 지 1주일도 안 된 때였다. 체리 생일이 초봄이어서 늘 학기 초에 케이크를 만들기는 했지만, 올해 케이크는 정말 최고였다. 케이크 모양이 흐트러질까 봐 서윤은 기사 아저씨가 급정거를 할 때마다 식은 땀을 흘려야 했다. 생각해 보니 그날 좋았던 건 체리뿐, 서윤에겐 좋은 일이 하나도 없었다. 임윤범 앞에서 쇼를 한 것도 다 케이크 때문이었으니…….그날 하필이면 첫 번째 운동장 조회가 있었다. 운동장으로 나가던 길에 체리가 서윤에게 착 달라붙더니 코맹맹이 소리로 물었다.

"민서윤, 어제 말한 내 생일 케이크 어떤 거야?"

"기대하지 마."

서윤의 말에도 체리는 운동장으로 가는 내내 궁금하다고 몸을 꼬았다. 그러더니 조회가 시작되자 이렇게 속삭였다.

"넌 내가 하라는 대로만 해."

"뭘 하려고?"

"내가 쓰러지면, 부축해서 교실로 가는 거야."

"쓰러져? 어디 아파?"

"아니! 궁금해서 참을 수 없단 말이야!"

서윤의 머리에 떠오른 생각은 '또 그거야?'였다. 전에도 체리를 부축해 본 적이 있었다. 중학교 2학년 체육 시간에 두 번. 두 번 다 거짓말이어서 엄청 화를 냈었다. 하지만 한편으로는 거짓말을 해도 티가 안 나는 체리가 부럽기도 했다. 중학생 때부터 서윤은 체육 시간이나 조회 때 쓰러지는 애들이 부러웠다. 체리도 진짜로 쓰러진 적이 있기는 있었다. 만난 지 얼마 되지 않은 초등학교 4학년 여름 언저리였는데, 백지장처럼 새하얗게 변해서 눈을 뜨지 않는 체리의 모습을 서윤은 잊을 수 없었다. 다행히 그 후로는 서윤 못지않게 튼튼해졌지만, 겉모습만은 그때와 마찬가지로 항상 연약해 보여서 남들은 물론 서윤까지도 깜빡 속았던 것이다. 체리는 초등학교 때부터 별명이 '연체동물'이었지만, 실제로 체리를 본다면 누구나 귀여운 포유동물, 그중에서도 고양이를 떠올렸다. 귀여워서 꼭 안아 주고 싶은 고양이, 하지만 중 2 때부터인가 안아 주기에 너무 커졌다. 흰 얼굴에 새침한 코, 작은 입술, 그리고 커다란 눈. 낯선 아이였다면 얄미워 보인다고 생각했을지도 몰랐다.

"야, 연체동물, 꼭 해야 돼?"

고등학생이 되고 첫 운동장 조회부터 주목받는 것은 싫었다. 하지만 체리가 동글동글한 눈으로 웃으면 서윤은 거절하지 못했다.

"배고파, 배고파, 배고파……. 케이크 먹고 싶단 말이야."

서윤은 고개를 끄덕였다. 어차피 체리 것이니 더 망가지기 전에 여는 것이 좋다는 생각도 있었다. 막 고등학생이 되어서 그런지 아이들은 얌전했다. 특히 쉬는 시간에 먹는 여자아이가 없었다. 책상에 먹을 걸 펼쳐 놓는 건 다 남자애들뿐이라서 도시락을 여는 것이 창피하기도 했다. 차라리 아무도 없을 때 해치우는 게 나을 것이라는 생각도 들었다.

"지금이다!"

서윤이 미처 준비를 끝내기도 전에 갑자기 체리가 쓰러졌다. 쓰러지는 체리는 작은 에스라인이라고 해야 하나, 실 한 오라기가 떨어지는 것 같았다. 길게 풀어헤친 머리카락 때문에 그렇게 보이는지도 모르겠지만, 봄바람이 부니 거의 우아하다고 말할 정도였다. 체리가 치마에 흙을 묻히기 싫다고 했기 때문에 서윤은 타이밍을 잘 맞춰야 했다. 예상대로 반 아이들이 웅성대며 몰려들었다. 담임 선생님이 달려와서 보건실로 데려가라고 말했다. 아무도 의심하지 않았다. 대성공. 같은 반 남자애들은 물론 옆 반의 남자애들도 체리 주위로 몰려들었다. 하지만 서윤은 모두 무시하고 체리 옆에 무릎을 꿇고 앉아 체리의 팔을 어깨에 둘렀다.

"내가 도와줄까?"

옆 반 임윤범이었다. 체리는 눈을 감은 채 손가락으로 서윤의 팔에 엑스 자를 그렸다.

"괜찮아, 내가 데려갈 거야."

하지만 윤범은 걱정스러운 듯 자리를 떠나지 않은 채 체리의 이름을 불렀다.

"연체리, 연체리, 정신 차려 봐. 일어날 수 있겠어?"

서윤은 임윤범의 목소리까지 좋다는 생각을 했다. 그때 체리의 미간이 찌푸려지는 듯하더니, 서윤의 팔을 살짝 꼬집었다. 서윤은 정신을 차리고 체리를 부축해 자기 몸에 기대게 했다. 윤범이 한 걸음 더 다가왔다. 서윤은 황급히 고개를 흔들었다.

"아냐, 나 혼자 할 수 있어."

"제대로 일어나지도 못하고 있으면서…… 너 혼자서 무리 아니야?"

윤범이 걱정스러운 표정으로 서윤을 보고 있었다. 서윤은 그 눈빛에 저도 모르게 고개를 끄덕일 것만 같았지만, 체리가 옆구리를 찌르고 있었다. 서윤은 엉겁결에 팔뚝을 들어 올리며 이렇게 말했다.

"하하하, 무리라니? 나 튼튼해."

말을 끝내기도 전에 서윤은 제 머리통을 때려 주고 싶었다.

'오버, 왕오버. 팔뚝까지 들어 올릴 건 없잖아!'

남자애들이 웃음을 터뜨렸다. 서윤은 윤범이 웃지 않기를 바라며 고개를 숙인 채 입술을 깨물었다. 마침내 임윤범이 한마디 했다.

"그래, 그럼 그렇게 해."

다행히 웃지는 않는 것 같았다. 서윤은 여전히 고개를 숙인 채 무릎에 힘을 주었다. 그때 체리가 깃털처럼 가벼워졌다. 김휘곤이 반대편에서 체리의 팔을 잡고 일어서 있었다.

"야, 뭐 하는 거야?"

서윤이 물었지만 휘곤은 벌써 열에서 벗어나 빠른 걸음으로 걷기 시작했다. 체리가 제대로 걷지 않는데도 제법 빠른 속도였다.

"이런 건 늦으면 위험하단 말이야. 너도 힘 좀 더 줘 봐."

휘곤의 표정이 너무 진지해 서윤은 어쩔 수 없이 걸음을 재촉할 수밖에 없었다. 서윤과 휘곤이 체리를 부축해 본관 로비로 들어설 즈음 운동장은 다시 조용해졌다. 체리가 서윤의 옆구리를 찔렀다.

"여기부터는 내가 데리고 갈게."

"하지만 보건실까지……."

우물쭈물하는 휘곤에게 서윤은 고개를 저었다.

"체리가 더 불편할 수도 있잖아. 보건실은 여기서 금방이니까 괜찮아. 넌 이제 가 봐."

휘곤이 고개를 끄덕이며 물러섰다. 서윤은 체리의 무게를 온전히 지탱하며 휘곤을 외면했다. 체리는 본관 안 보건실 쪽으로 모퉁이를 돌자마자 똑바로 서더니 팔짝 뛰며 웃었다.

"성공!"

체리는 치마에 묻은 먼지를 털어 내더니 바로 교실로 올라가는 계단을 뛰어오르기 시작했다. 스티로폼 상자는 네 조각으로 잘라 내야 했다. 케이크를 담은 네모난 접시가 작년에 입던 청바지처럼 상자에 꽉 끼여 있었다. 체리가 커터 칼을 꺼내 왔지만, 둘 다 자를 엄두를 내지 못하고 있었다. 그때 느닷없이 남자아이의 목소리가 들려왔다.

"내가 해 줄까?"

김휘곤이었다.

"너 어떻게……?"

"화장실에 갔다가 나오는데 너희가 보여서……. 그런데 벌써 보건실 다녀온 거야?"

서윤은 화가 슬며시 나는데, 체리는 헤헤 웃으며 혀를 날름 내밀었다.

"꾀병 들켰네. 말 안 할 거지?"

잠시 멍해 있던 휘곤은 이내 고개를 끄덕였다. 그러고는 체리에게 칼을 건네받아 스티로폼을 조금씩 잘라 내기 시작했다. 서윤이 접시를 덮었던 보자기를 조심조심 꺼냈다.

"와! 민서윤, 민서윤, 민서윤!"

체리가 비명에 가까운 환호성을 질렀다.

"와……."

휘곤의 낮은 목소리가 감탄인지 한숨인지 모르겠다고 생각하며 서윤은 랩을 조심조심 벗겨 냈다. 몇 겹의 랩을 벗기자 새하얀 눈 꽃밭이 펼쳐졌다. 체리는 말을 멈추고 고개를 내저으며 감탄만 했다. 몸집과 달리 재빠르게 자기 자리로 달려간 휘곤이 딱 봐도 비싸 보이는 카메라를 들고 와서는 케이크를 찍기 시작했다. 슈거 파우더를 잔뜩 뿌린 하얀 대접시에 열 지어 놓은 동그란 화전이 제자리에 그대로 있었다. 흰 동그라미에는 동백, 노란 동그라미에는 진달래, 초록 동그라미에는 장미, 그리고 분홍 동그라미에는 벚꽃벚꽃벚꽃. 휘곤의 카메라에 잡힌 케이크의 모습이 예뻐 보였다.

"꽃으로 만든 퀼트 같아. 이 케이크 이름은 벚꽃 퀼트라고 하자."

서윤은 활짝 웃는 체리에게 고개를 끄덕였다. 그때 김휘곤이 중얼거렸다.

"민서윤, 먹어 봐도 되냐?"

김휘곤이 설레는 눈빛으로 접시와 서윤을 번갈아 보았다. 체리도 간절한 눈빛이었다.

"이건 네 생일 케이크니까, 네가 정해."

말이 떨어지기가 무섭게 체리가 고개를 끄덕이며 화전 하나를 집어 들었다. 그러자 휘곤도 동백꽃이 빨갛게 반짝이는 화전을 먹기 시작했다. 서윤도 얼른 하나를 집었다. 가운데 있던 벚꽃 화전이었다. 참기름 향기에 곱고 달콤한 슈거 파우더, 생각했던 것보다 훨씬 맛있었다. 꽃잎은 아무 맛도 없었지만, 이렇게 예쁘지 않다면 벚꽃 퀼트는 훨씬 덜 맛있었을 터였다. 맛을 느끼는 건 혀뿐이 아니니까. 서윤은 결국 살 수 없었던 케이크 받침대가 생각났다. 돈도 다 모았는데, 엄마가 쓸데없다며 끝까지 못 사게 했던 것이다.

"서윤아, 고마워. 넌, 정말 최고야. 내일은 무슨 도시락을 만들 거야?"

체리는 장미꽃을 먹고 있었다. 틴트를 바른 입술에 윤기가 돌았다. 장미꽃 화전의 기름기가 틴트를 다 지운 모양이었다. 접시를 가득 채운 벚꽃 퀼트는 사라지고, 대신 체리와 휘곤의 입술이 립글로스를 바른 것처럼 반짝거렸다.

"민서윤, 네가 도시락도 직접 만들어? 우와, 그거 나도 먹을 수 있어?"

"뭐?"

서윤은 그저 되물었을 뿐인데, 휘곤의 어깨가 움츠러들었다. 휘곤은 우물우물 중얼거렸다.

"나, 유튜브 하거든······. 지금 생각한 건데, 이렇게 멋진 도시락이라면 찍어서 올려도 될 것 같아서. 물론 먹고 싶기도 하지만······."

마침 조회가 끝났는지 벨 소리와 아이들 뛰어오는 소리가 요란했다. 휘곤의 목소리가 잘 들리지는 않지만, 서윤은 새롭게 알게 된 아이와 뭔가 귀찮은 사이가 되었다는 것을 깨달을 수 있었다.

4.

어쩌면 등잔 밑

체리는 엄마를 만나겠다며 을지로에서 내렸다. 그리고 휘
곤은 쉴 새 없이 이야기를 하고 있었다. 이야기라기보다는 불
평……. 서윤은 집까지 웍을 들어다 주겠다는 휘곤에게 고개를
끄덕인 것을 후회했다. 웍이 무겁기는 했지만, 소화 안 되는 휘
곤의 불평을 듣는 것이 더 괴로웠다.

"이거 속은 거 아냐? 우리 할머니네 가마솥도 이것보단 싸겠
다. 훨씬 싼 것도 많았는데 너무 차이 나잖아……. 이거, 그 4만
원짜리랑 비슷해 보이지 않냐? 이럴 줄 알았으면……."

"이럴 줄 알았으면, 뭐?"

서윤이 더 이상 참지 못하고 빽 소리를 질렀다. 휘곤은 놀랐
는지 무르춤했다. 하지만 다시 중얼중얼 하고 싶은 말을 계속
했다.

"어…… 그러니까…… 사고 싶은 게임 아이템이 있었거든. 너한테 뭘을 사 주려고 참았었단 말이지. 난 뭐이라는 게 그 비싼 거 딱 하나뿐이라고 생각했거든. 싼 게 있는 줄은…….”

“그래서 아까워?”

“음, 좀 싼 걸 샀다면 아이템도 살 수 있지 않았을까…….”

“지금이라도 가서 바꿔라?”

“지금?”

휘곤은 어벙한 표정으로 뒤를 돌아보았다. 서윤은 기가 막혀서 휘곤을 버려둔 채 빠른 걸음으로 아파트로 향했다. 휘곤이 서둘러 뒤를 좇았다.

“같이 가.”

“왜 쫓아오니? 가게 문 닫기 전에 빨리 가서 돈으로 바꿔라!”

“돈으로? 넌 4만 원짜리는 싫다는 거야?”

“휴, 누가 사 달라고 했니? 부탁하지도 않았는데 사 준다고 하더니, 이제는 아깝다고? 내 참 기가 막혀서! 내 돈으로 살 거니까, 넌 네 돈으로 하고 싶은 거 해.”

말하다 보니 얼굴이 점점 뜨거워졌다. 서윤은 휘곤이 꼴도 보기 싫어졌다. 하지만 휘곤은 자신을 비껴가는 서윤 앞을 가로막았다.

“네가 그렇다면 바꿀 생각 없어. 원래 사 주려고 했단 말이야.”

“그래, 그러니까. 도대체 넌 왜 이런 걸 사 주는 거니? 저번에 셔벗 잔이랑 포크도 그렇고.”

"그건…… 너한테 도시락 얻어먹은 것도 있고…… 나중에 유튜브 너랑 하고 싶어서……."

"유튜브? 너 먹방 찍는 거?"

"먹방 아니야. ……아직 정해진 건 없지만, 나중에 너랑 요리 채널 만들고 싶어졌어."

"누가 그런 거 한대?"

"그래서 아직 말 안 한 거야……. 넌 완벽주의자니까, 요리할 곳을 찾을 때까지는 말하지 않으려고 했어."

"그런 거랑 상관없이 안 할 거거든? 그리고 내가 무슨 완벽주의자야?"

"이런 비싼 거 사는 것만 봐도……."

"그러니까 자꾸 비싸다고 하려면 돈으로 바꾸라니까!"

"아, 아냐. 돈으로 안 바꿔. 자, 이제 가져가. 너 이 동에 살지?"

휘곤은 서윤 앞에 웍을 내려놓고는 도망치듯 왔던 길로 달려갔다. 그러더니 뒤를 돌아보며 서윤에게 외쳤다.

"유튜브는 지금 하자는 거 아냐! 나, 간다, 안녕!"

서윤은 웍 때문에 팔이 한 뼘쯤 늘어난 느낌으로 현관 비밀번호를 눌렀다. 웬일로 엄마가 현관에 나와 있었다.

"그건 뭐니? 엄마가 주방에 자리 없으니 그릇 같은 거 그만 사라고 했잖아! 정말 그러면 용돈 줄인다?"

"내 돈으로 산 거 아니야."

"그럼?"

"우리 모둠 돈으로 산 거야. 숙제하려고!"

엄마의 잔소리가 싫어 무심코 거짓말을 하면서 서윤은 유튜브라는 말을 떠올렸다. 유튜브나 모둠 숙제나 어쨌든 김휘곤이랑 같이 하는 거니까 거짓말은 아니라고…….

"하여간 민서윤, 이젠 하다하다 가마솥까지 사네. 큰 냄비는 저쪽 베란다에도 있잖아."

"가마솥 아니거든? 요알못은 가만히 계시지?"

"그거 이름은 몰라도 요알못이 뭔지는 엄마도 알아. 그리고 엄마는 요리를 모르는 게 아니라, 할 시간이 없는 거야. 네가 보통 딸이 아니어서 요리 같은 거 뚝딱 만드는 줄 아는 것뿐이지. 어떤 열일곱이 가마솥을 들고 다니니? 열일곱이라면 책가방은 아니더라도, 하다못해 옷이나, 악기나…… 아무튼 우리 딸, 평범한 엄마의 평범한 딸로 살면 안 되겠니?"

서윤은 어이없는 눈길로 엄마를 보았다. 거의 매일 야근에 화장도 못 지우고 자면서 평범한 엄마라고 생각하고 있었다니, 믿을 수 없었다. 어떤 평범한 엄마가 딸이 해 놓은 음식을 몰래 먹고 출근한다는 건지…….

"오늘은 웬일로 일찍 왔어?"

"일찍이 아니라 정상 퇴근을 한 거지. 이젠 나도 칼퇴근 할 거야."

엄마 말을 건성으로 들으며 서윤은 샤워 준비를 했다. 곧 5월이니 호텔은 무슨 이벤트를 할 테고, 엄마는 또 11시까지 회사에 있을 것이다.

"서윤, 냉장고에 케이크 있어."

"케이크?"

"오늘 이벤트용 케이크 심사했거든. 너한테 보여 주려고 사진 다 찍었어. 엄마, 잘했지? 제일 예쁜 것만 몇 개 챙겨 왔어. 너, 예쁜 케이크 좋아하잖아."

"헤, 고마워."

비록 뭐가 뭔지도 모르지만, 자신이 무엇을 좋아하는지 기억해 주는 엄마를 향해 서윤은 미소를 지었다. 엄마와 처음 보았던 웨딩 케이크가 떠오르자, 서윤은 휘곤이 말한 '완벽주의자'라는 말이 맞을지도 모른다고 생각했다.

"음, 너무 달다."

생강차를 마신 체리의 감상이었다. 서윤은 체리에게 물을 건넸다.

"케이크를 두 개나 먹었으니까 그렇지. 이건 그렇게 자극적인 단맛이 아니거든? 배에다 생강이랑 대추랑 파뿌리랑 넣고 여섯 시간이나 곤 거란 말이야! 물로 입 헹구고 다시 말해!"

체리는 키득거리며 물을 조금 마셨다.

"다 마셔야 해. 어제 감기 기운 있다는 톡 보고, 자다 말고 일어나서 만들어 온 거라고."

체리는 감동스러운 표정으로 서윤의 손을 잡았다.

"아, 민서윤. 네가 남자였어야 했는데……."

"웬 남자?"

"네가 남자였다면 완벽할 것 같아서."

"완벽? 완벽한 남자는 한진호지. 어제 마지막 회 봤냐? 완전 멋있었어."

"야, 갑자기 드라마 얘기 하기 있냐? 그런 식으로 하면 완벽한 건 다 텔레비전에 있게?"

체리가 어이없다는 듯 말하며 생강차를 홀짝거렸다. 1교시 시작 10분 전, 키 큰 남자아이들의 얼굴이 복도 창으로 하나둘 지나가는데, 그중에는 임윤범도 있었다. 서윤은 윤범의 뒤통수를 눈으로 좇다가 중얼거렸다.

"텔레비전 말고도 완벽한 남자는 많지 않을까?"

"많다고? 민서윤, 그 완벽한 남자, 어디에 있니?"

"아니…… 많다는 건 아니고……. 우리 반만 봐도 쟤 21번도 괜찮게 생겼고, 15번도 인기 많잖아."

체리가 혀를 쯧쯧 차며 고개를 저었다.

"민서윤, 왜 이렇게 눈이 낮은 거니? 21번은 얼굴만 잘생겼지, 바보야, 바보. 걔랑 중학교 같이 다니던 애가 그러는데 입만 열면 깬다더라. 15번도 애들이 뭘 모르니까 인기가 있는 거지, 쟤 밖에서 옷 어떻게 입고 다니는지 보고 말해라."

"그럼…… 작년에 결혼했다는 생물 선생님도 괜찮지 않아? 그 선생님은 집도 엄청 부자라며? 대학도 좋은 데 나왔고, 키도 크고…… 그 정도면 완벽한 거 아닌가?"

"그 선생님 별명이 찌질이였대. 우리 엄마 아는 분의 동생이 그 선생님이랑 같은 대학교 다녔었는데, 툭하면 울고, 툭하면

삐지고, 얻어먹기만 하고……. 정신 차려, 민서윤. 완벽한 남자는 없다니까?"

서윤은 왠지 고개를 끄덕이고 싶지 않았다. 서윤의 기분을 눈치챈 체리가 서윤에게 다가들었다.

"뭔데? 누구, 생각하는 남자가 있는 건가? 아니면 그저 완벽한 남자가 있다고 믿고 싶은 거야?"

"만약에, 완벽한 남자가 주변에 하나도 없다면 우리는 누구랑 사귀어야 해?"

"왜, 갑자기? 너 누구랑 사귈 생각이야?"

"그건 아니지만, 영화나 소설 보면 항상 주인공 주변에 완벽한 남자가 있잖아. 그런 것처럼 우리 주변에도 숨어 있는 게 아닐까? 만약에 정말 하나도 없다면, 우리는 아무하고도 사랑을 못 해 보는 게 아닐까 싶어서……."

"음, 이런 말 하면 뭣하지만…… 민서윤, 희망을 버려. 그런 건 그냥 소설과 영화일 뿐이야. 실제로 그런 사랑은 없어. 주변의 완벽남과 사랑을 한다는 건 드라마나 로맨스 소설에나 나오는 환상이라고."

"하지만…… 완벽한 남자가 있다면 너도 사랑하고 싶을 거잖아. 안 그래?"

서윤의 말에 체리는 잠시 생각에 잠긴 표정을 짓더니 느리게 고개를 끄덕였다.

"그러니까 열심히 찾아야 하는 게 아닐까?"

"민서윤, 너, 사랑하고 싶어?"

"……그런 건 아니지만……."

서윤은 왠지 얼굴이 빨개질 것 같아서 고개를 저었다. 체리는 생각에 잠긴 표정으로 천천히 입을 열었다.

"솔직히 말하면 나도 사랑하고 싶다는 생각은 해. 하지만 어른들 말대로 그런 건 없다는 생각도 들어. 저번에 수학도 그랬잖아. 사랑은 무리라고."

"무리수라고 그러지 않았어? 무슨 말인지 모르겠지만……."

"무리수가 바로 무리라는 말이지, 뭐. 사랑은 없다는 말이니까. 우리 엄마랑 아빠만 봐도 알 수 있잖아. 둘이 대학 때부터 엄청 요란한 커플이었대. 아줌마랑 동창이니까 너희 어머니도 알고 계실걸? 하지만 결론은……. 알잖아, 이혼."

"그건 너희 엄마 아빠의 경우잖아. 너는 아직 완벽한 남자애를 못 만났으니까, 그런 생각을 미리 하는 건 좀 아니지 않아? 15번이나 21번이 아니라면, 다른 반이나 학원이나 어쩌면 길거리에도 있을 수 있잖아. 임윤범처럼 잘생기고 우리 반 1등처럼 공부도 잘하고……."

갑자기 체리가 깔깔 웃었다. 서윤의 표정이 바뀌자, 체리는 웃음을 참으려 애쓰며 말했다.

"아, 미안. 그냥 1등 얼굴이 생각나서……. 저번에 시험 볼 때 나도 모르게 걔 얼굴을 봤는데, 엄청 집중을 해 가지고 콧구멍이 벌렁벌렁했거든."

서윤도 그 모습이 상상되어 웃음이 나왔다

"그리고 임윤범 같은 애도 완벽한 애가 아니야. 우리 학교에

서야 유명하지만, 얼굴만 그럴지 누가 알아? 게다가 걔도 여자애 알기를 완전……."

임윤범 이야기에 서윤의 귀가 쫑긋 섰다.

"임윤범이 왜?"

"걔는 여자 몸매밖에 안 본대."

"뭐? 설마……."

"자기 입으로 그렇게 말하고 다닌다더라. 완전 저질 아니니?"

실망이었다. 서윤은 완벽한 남자가 없다는 체리 말이 맞을지도 모른다고 생각했다. 임윤범은 서윤의 가슴을 오랜만에 몽글몽글하게 한, 세 번째로 완벽한 것이었던 것이다.

5.
누구나 할 수 있다?

3일째, 첫 번째 고비가 옵니다.

'첫 번째? 이 말 책임질 수 있어?'

살이 2~3kg 정도 빠졌지만 알아보는 사람은 별로 없어서 실망하기 쉽죠.

'2~3kg…… 그게 보통이라니 어떻게 된 걸까?'

이때 본격적인 배고픔이 시작됩니다. 하지만 파이팅하세요. 이겨 낼 수 있을 거예요!

서윤은 책을 덮었다. 『누구나 할 수 있다, 성공 다이어트』. 유튜브를 보다가 큰맘 먹고 산 책이었는데, 볼수록 한숨만 나왔다. 서윤은 엎드린 채 곰곰이 생각해 보았다. '이 책을 계속 믿어도 될까?' 아니라는 생각이 자꾸만 들었다. 첫 줄부터가 틀려먹었다.

'3일째에 첫 번째 고비라니, 말도 안 돼. 난 첫날부터 고비가 왔는데, 그렇게 단단히 결심을 했는데도 이럴 수가 있어?'

며칠 전, 점심시간이었다. 식당에서 급식을 먹고 왔는데도 체리는 도시락을 꺼내라고 떼를 썼다. 늘 그렇듯이 서윤이 졌다. 간식으로 먹으려고 가져온 것이기는 했지만, 밥을 먹고 나니 달달한 것이 먹고 싶어졌다. 모싯잎으로 색을 낸 초록색 와플 위에 잼을 만들기 전에 골라 놓은 딸기를 설탕으로 코팅해 장식했다. 생크림은 녹을까 봐 올리지 않았지만, 체리에게 빨리 예쁜 모습을 보여 주고 싶었다.

교실로 들어서던 서윤과 체리는 그 자리에서 걸음을 멈추고 말았다. 남자아이들이 뭉쳐서 뭔가를 보고 있었는데, 뜻밖에도 임윤범도 있었다. "오늘은 축구도 안 하나?" 체리는 이렇게 중얼거리며 서윤에게 얼른 자리로 가자고 재촉했다. 임윤범 때문에 정신이 없었지만, 서윤은 도시락만 생각했다. 체리는 마음에 안 든다는 표정으로 앞자리를 흘깃거렸다. 남자아이들은 뭔가를 보면서 키들대고 있었다. 체리는 참을 수 없다는 듯 벌떡 일어나더니 고개를 흔들었다.

"너희들, 어떻게 교실에서 야한 걸 볼 수 있니? 그것도 반장까지."

반장이 머쓱해하는데, 윤범이 휴대폰을 들더니 사진을 확대했다.

"연체리, 아이돌 사진이 야하냐?"

자세히 보이지는 않았지만 화면에 아이돌처럼 생긴 여자가 있었다. 체리는 윤범을 무시하고 다시 도시락 쪽으로 몸을 돌렸다. 윤범이 체리를 불렀다. 무슨 일이 벌어지지 않을까 긴장하고 있는데, 갑자기 휘곤이 통통한 손으로 체리의 어깨를 톡톡 쳤다.

"우와, 딸기가 반짝거려! 얘들아, 이거 봐! 어떻게 한 거야? 진짜 예쁘다."

헐, 개피곤……. 긴장이 풀리자 서윤은 맥이 빠졌다. 무슨 일이 벌어지기를 바란 것은 아니었지만. 체리와 남자아이들, 그리고 윤범의 시선까지 서윤의 도시락을 향했다. 체리는 기분이 좋아졌는지 환해진 목소리로 말했다.

"당연하지, 서윤이가 만든 도시락인데. 사진 찍었어, 김휘곤?"

휘곤이 대답하려는데, 윤범이 휘곤의 어깨를 잡았다.

"김휘곤, 넌 사내새끼가 음식 사진만 보냐?"

휘곤은 윤범을 올려다보며 물었다.

"뭐가? 이게 어때서?"

"남자라면 예쁜 여자지."

체리는 윤범을 노려보았고, 서윤은 왠지 마음이 덜컥 내려앉는 기분이었다.

"한심해. 임윤범, 그런 말을 하다니, 실망이다."

체리가 쏘아붙이자, 윤범도 지지 않고 체리를 공격했다.

"너보다 예쁜 여자애들이 많아서 실망이라고? 하긴, 너처럼 먹는 것만 밝히는 여자가 뭘 알겠냐? 급식을 먹고도 도시락을 먹는 너보다는 예쁜 여자를 좋아하는 남자가 정상이라고."

"임윤범!"

체리는 화를 냈지만 서윤은 화 같은 건 나지 않았다. 그저 갑자기 세상의 모든 소리가 하수구 속으로 빨려 들어가는 것 같았다. 윙윙윙윙 똑같은 소리만 귀에 맴돌았다. '먹는 것만 밝히는 여자', '급식을 먹고도', '예쁜 여자를 좋아하는 남자'……. 서윤은 자신이 체리의 말을 무시했다는 것을 깨달았다. 여자 몸매만 보는 아이라는 말을 믿지 않았…… 아니, 믿을 수 없었는데……. 하지만 임윤범 입에서 직접 예쁜 여자가 좋다는 말을 듣자, 생각보다 충격이 컸다. 그야 임윤범도 남자애니까 예쁜 여자를 좋아하는 것이 당연하지만, 그러니까 충격을 받는 것이 오히려 이상하지만, 그래도 서윤은 뒤통수를 세게 맞은 기분이었다.

'도대체 뭘 기대했니?'

뜬금없이 누군가 비웃는 목소리가 들리는 것 같았다. 체리가 윤범을 노려보느라 자신을 돌아보지 않아서 다행이라는 생각이 들었다. 돌아보았다면 울음이 나왔을지도 모른다는 생각이 들었다.

'어쩌면 좋아…….'

그제야 서윤은 울고 싶을 만큼 임윤범을 좋아하고 있었다는 것을 깨달았다. 그런 임윤범이 깡마른 연체리를 먹는 거나 밝히는 애라고 말했다. 반에서 제일 예쁜 연체리보다 훨씬 더 예쁜 게 좋다고 한 셈이다. 고백한 적은 없지만, 서윤은 벌써 거절

당한 거나 다름없다고 생각했다.

그날 오후, 서윤은 수업이고 뭐고 그냥 책상에 엎드려 있었다. 배도 부르고 점심시간이 끝나기 전까지는 쌩쌩했는데, 몸이 축축 늘어졌다. 체한 걸지도 모른다고 생각했지만, 속이 아픈 것은 아니었다. 그냥 멍했다. 윤범의 목소리가 계속 귓가에 맴돌았다. 왜 그런지 생각하려고만 하면 머리가 아파서 차라리 엎드려 있는 게 편했다. 체리도 왠지 서윤처럼 조용했고, 계속 창밖만 내다보았다. 그리고 둘은 우연히 동시에 한숨을 쉬었다.

'어, 체리는 왜?'

까닭을 알 수 없었지만, 서윤은 자신과 체리의 한숨이 똑같은 성분이 아니라는 것만은 알 수 있었다. 자신이 체리라면 예쁘지 않다는 말쯤은 귓등으로 들었을 것 같았다. 제일 작은 사이즈 교복이 헐렁하다며 치마에 셔츠를 집어넣고도 허리를 몇 번이나 말아 올릴 수 있는, 그러고도 치마가 돌아가는 체리. 그렇게 생각하니, 윤범의 눈에 자신이 어떻게 보일까 생각하기가 끔찍해졌다. 셔츠를 집어넣기 위해 큰 사이즈로 맞춘 치마, 친구들과 길이를 맞추기 위해 시침질한 밑단. 가끔 숨을 쉴 수가 없어 셔츠를 몰래 꺼낸다는 것을 누군가는 알지도 몰랐다. 선생님이 교문을 지킬 때, 말아 놓은 허리를 간단하게 푸는 체리와는 달리 일일이 밑단을 칼로 뜯어내느라 시간이 더 걸린다는 것까지. 서윤은 얼굴이 화끈거렸다. 체리에게 뚱뚱하다고 하는 아이이니, 윤범의 눈에 자신은 아무리 잘 봐줘도 눈사람일 것이라고 생각했다. 윤범 주위에 있던 남자아이들도 다 웃었으니, 그 애들도 비슷할 것이라는 생각이 들어 서윤은 비참했다. 비참하다 못해 눈물이 날 것 같았다. 종례 시간에 살랑살랑 원피스를 입고 들어온 담임 선생을 보며 불현듯 깨달았다.

'다이어트. 그것밖에 방법이 없어.'

종례가 끝나고 유튜브를 몇 개 보다가 한 여자가 소개하는 다이어트 책을 주문했다. 그리고 학원에 가려고 교문을 나서는데, 체리가 한턱 쏘겠다며 분식집으로 갔다. 체리는 떡볶이, 순대, 튀김을 잔뜩 샀다. 서윤이 안 먹겠다고 하자 체리가 이상한 표정을 지었다. 체리가 계속 이유를 묻는데, 서윤은 왠지 다이어트를 한다는 말이 나오지 않았다.

'어차피 오늘은 먹었으니까, 내일부터 하자. 책도 아직 안 왔고.'

교문 옆 떡볶이집 떡볶이는 맵고 맛있었다. 평소에는 조미료 맛이 너무 강해서 싫어했지만, 튀김도 하도 여러 번 튀겨서 눅눅했지만, 정말 맛있었다. 마지막이라고 생각하니까 더 맛있었는지도 몰랐다. 배가 불러 오자 왠지 희망도 생겨났다.

'그래, 내일부터는 다이어트야. 임윤범, 체리보다 예쁜……
아니, 적어도 체리만큼은 날씬한 나를 보게 될 거다.'

학원 끝나고 셔틀을 타기 전에 문방구에 들러 스케줄러도 샀다. 우연히 고른 수첩에 예쁜 여자의 사진이 인쇄되어 있었다. 분명 저 여자처럼 될 수 있을 것이라는 예언 같아 서윤은 느낌이 좋았다.

아침에 눈을 뜬 서윤은 믿을 수 없었다. 마지막이라서 떡볶이를 배가 터지게 먹었는데도 배가 고팠던 것이다. 게다가 엄마가 부스스한 모습으로 방문을 열고는 이렇게 말했다.

"민서윤, 오늘 아침은 잉글리시 브렉퍼스트지? 오늘은 바로 나가야 하니, 샤워 끝나면 바로 먹을 수 있도록 부탁해."

서윤은 한숨을 쉬며 침대에서 내려왔다. 오늘은 딸기잼을 개봉하기로 한 날이었다. 어릴 적 봄에 딸기 농장에 다녀온 뒤로 딸기잼을 만드는 것이 서윤네 전통이 되었다. 엄마는 그냥 사 먹자고 했지만, 미식가인 아빠와 서윤이 만들기를 고집했다. 하지만 딸기잼을 가장 많이 먹는 사람이 바로 엄마였다. 이번에도 한 일이라곤 딸기를 씻은 것뿐이면서, 딸기잼 개봉 날은 잊지 않고 식빵을 사다 놓았다. 서윤은 하품을 참으며 식빵을 두껍게 자른 다음 토스터에 구웠다. 원래는 엄마와 아빠 몫으로 네 장만 자르려고 했는데, 잠에서 덜 깬 탓인지 여섯 장을 자르고 말았다. 아빠에게 더 줘야겠다고 생각하며, 서윤은 버터나이프를 들고 아빠를 깨웠다. 아빠는 나이프를 보더니 아침부터 빵이라고 싫어했지만, 이내 "커피는 진하게."라고 말했다. 서윤은 "만 원이야." 대답하고는 그라인더에 커피콩을 갈았다. 아빠는 서윤이 커피를 잘 내린다고 했지만, 정작 서윤은 우유도 설탕도 섞지 않은 아메리카노를 왜 마시는지 알 수 없었다.

"올해도 성공이네, 딸. 색깔이랑 향이 보통이 아니야."

단맛을 싫어하는 아빠의 평가에 서윤은 기분이 좋아 자신도 모르게 식빵에 잼을 바르고 말았다. 서윤은 잠시 고민을 했지만, 파운데이션을 반쯤 바른 얼굴로 미소 짓고 있는 엄마를 보자 더 이상 참을 수 없었다. 로즈마리 향이 살짝 섞인 딸기잼과 구운 빵이 잘 어울렸다. 서윤은 우유를 한 모금 마신 후, 딸기잼을 섞었다. 뽀얀 분홍색 딸기잼 우유의 달콤함이 입안 가득 퍼져 가는데, 갑자기 한 단어가 떠올랐다. '다이어트.' 살짝 후회되었지만, 달콤한 향기가 기분을 달래 주었다. 체리에게 얼마 전 만든 스콘과 함께 간식으로 갖다줘야겠다고 생각하니 기분이 몇 배는 더 좋아졌다.

'스콘은 체리에게만. 나는 굶어야지. 급식부터…… 응, 그럴 수 있어.'

딸기잼 덕분이었는지, 서윤은 정말로 점심때부터 굶을 수 있었다. 다음 날 우유 한 팩만으로 견디자 진짜로 스케줄러 사진 속 여자처럼 예뻐질 수 있을 것 같았다.

'그래, 이렇게 하는 거야.'

침대에 눕기 전에 서윤은 중얼거렸지만, 솔직히 물음표를 붙이고 싶었다.

'정말, 이렇게 해야 하는 거야?'

서윤은 잠을 잘 수 없었다. 배에서는 꾸르륵 소리가 나고 머릿속에선 먹을 것만 생각이 났다. 서윤은 윤범을 생각했다. 역시 다이어트를 멈출 수는 없었다. 배가 고팠다. 이번에는 '걸스'의 점원을 떠올렸다. 아무리 배고프고 괴로워도 그 점원의 눈에는 여전히 하루를 굶은 눈사람일 뿐이라고. 서윤은 분하지만 그렇게 생각했다.

6.
진정한 아름다움?

서윤은 체육복을 입고 스탠드에 앉아 있었다.

"서윤아, 어디 아파?"

점심시간 내내 서윤을 찾던 체리가 다가왔다.

"아니."

"오늘도 도시락 안 싸 왔더라?"

"그런 날도 있지."

"아플 때 빼고는 매일 싸 왔잖아."

서윤은 한숨을 쉬었다. 그렇잖아도 도시락 얘기가 나올까 봐 먼저 나와 있던 건데 역시 체리는 눈치가 빨랐다. 서윤은 말이 나온 김에 아예 정리를 해야겠다고 마음먹었다.

"앞으로는 안 싸 오려고."

서윤은 고개를 돌리다가 손으로 이마를 받쳤다. 살짝 현기증이 났다. 체리가 기다렸다는 듯 다가들었다.

"이거 봐. 너 아픈 거 맞네?"

"아냐. 그냥, 좀 어지러워서."

"요즘 독감은 어지럽다던데⋯⋯. 아까 급식도 거의 다 남겼잖아. 도시락 먹으려는 줄 알았더니, 도시락도 없고. 선생님께 말씀드리고 병원 갈까? 독감 걸려서 죽은 사람도 있대."

체리가 일으켜 세우려는 시늉을 했다. 서윤은 체리의 팔을 내려놓았다.

"아이 참, 정말 그런 거 아니래두."

서윤은 사정도 모르고 부산을 떠는 체리 때문에 짜증이 났다. 자꾸 말을 하니까 배도 더 고픈 느낌이었다.

"그럼 뭔데?"

서윤의 퉁명스러운 말투에 체리도 샐쭉했다.

"나⋯⋯."

일단 입을 뗐지만, 망설여졌다. 다이어트 한다는 얘기를 할 생각은 없었지만, 말하지 않을 도리가 없었다.

"체리야, 실은 나, 다이어트 해."

"다이어트? 네가 그런 걸?"

체리의 눈이 동그래졌다. 서윤은 왠지 위안이 되었다. 뜻밖에도 어쩌면 자신의 몸은 다이어트가 필요 없는 평균치일지도 모른다는 생각이 들었다.

"서윤, 굶어서 하는 다이어트는 안 좋아! 먹으면서 해야지!"

먹으면서 다이어트⋯⋯. 굶는 다이어트라서 저렇게까지 놀란 걸까? 아무리 새겨들어도 다이어트가 필요하지 않다는 말은 아닌 것 같았다.

"그런데 잠깐. 너, 갑자기 왜 그런 생각을 했어? 중학교 때는 그런 생각 안 했잖아."

서윤은 기분이 나빠졌다. 체리는 중학교 때부터 서윤이 뚱뚱하다고 생각했던 모양이었다.

'연체리, 눈사람이 되기 전에 미리 말을 해 줬어야지, 이제 와서……'

서운함이 밀려왔지만 얼른 생각을 고쳤다. 가장 친한 체리가 일부러 그랬을 리는 없을 테니.

"도대체 왜 살을 빼겠다는 거야?"

"왜긴 왜겠어. 예뻐지려는 거지."

"갑자기 그런 생각을 했다고? 너 외모에 관심 없었잖아."

"너도 관심 없었지만 지금은 있잖아."

"난 관심 없는데?"

거짓말. 서윤은 복숭앗빛 틴트로 빛나는 체리의 입술을 가만히 들여다보았다.

"화장을 하는 것도 예뻐 보이고 싶어서 아냐?"

믿는 척하기도 귀찮다는 생각에 서윤은 퉁명스럽게 반박했다. 서윤의 말투에 체리는 얼굴이 빨개지더니 손바닥으로 틴트를 지웠다. 서윤은 당황스러웠다.

"아니, 지우라고 한 말이 아니잖아. 그저, 나도 예뻐지고 싶다고."

"우린 다 예뻐. 그러니까 예뻐질 필요는 없는 거야."

큭, 서윤은 손으로 코를 감싸 쥐었다. 갑자기 웃음이 나는 바람에 콧물이 나올 뻔했다.

"설마 진심은 아니지? 난 한 번도 예쁘다는 말 들은 적 없어. 우리가 다 예쁘다니, 남자애들이 웃겠다."

"남자애들? 민서윤, 너 남자애들한테 잘 보이려고 살 빼려는 거야?"

서윤은 왠지 뜨끔했다. 그리고 자존심이 상했다.

'너처럼 원래부터 남자애들의 관심을 받는 애가 나 같은 애 마음을 어떻게 아니?'

이렇게 쏘아붙이고 싶었지만 참았다. 남자아이들 때문에 다이어트 한다는 걸 인정하는 꼴이니까. 체리는 한숨을 쉬더니 서윤의 눈을 똑바로 보았다.

"서윤, 모든 사람은 있는 그대로 아름다운 존재야. 그러니까 살 같은 거 안 빼도 돼."

"진짜로 그렇게 생각해?"

"그럼. 우리 목사님이 늘 그렇게 말씀하신다고."

또 우리 목사님. 무슨 일이 있을 때마다 체리는 목사님 말씀이라며 마치 정답처럼 정리하려 들었다. 서윤도 대부분은 정답이라고 인정했지만, 지금은 전혀 동감할 수 없었다.

"흠…… 아마, 너네 목사님도 날 보면 그렇게 생각하지 않을걸? 거짓말을 하는 게 아니라면."

"거짓말? 서윤, 우리 목사님이 거짓말을 할 수도 있다고 생각하는 거니?"

순간 서윤은 말실수를 했다는 것을 깨달았다. 체리는 따로 사는 아빠보다 목사님을 더 믿는 아이였다. 하지만 실수했다고 말하고 싶지 않았다. 서윤도 체리 손에 이끌려 그 교회에 간 적이 있었다. 목사님은 교회에 계속 다니고 싶다는 생각이 들 정도로 잘생겼다. 서윤은 설교를 듣는 내내 목사님과 나이 차이를 계산했다. 하지만 문 앞에서 목사님 부인을 본 다음 교회에 다니지 않기로 했다. 목사님 부인은 연예인이라고 해도 믿을 만큼 예쁜 아줌마였다.

'흥, 자기는 그런 아줌마랑 결혼했으면서……'

서윤은 모두가 아름답다는 말을 한 사람이 목사님이 아니었다면 좋았을 것이라고 생각했다. 누구의 말이든 의심스러웠겠지만, 목사님 말이라니 전에 했던 말까지 다 믿어지지 않았던 것이다. 서윤은 '모든'이라는 말이 무척 까다로운 형용사라는 것을 알고 있었다. 그것은 필요조건과 충분조건 모두를 충족시켜야만 참이 되는 형용사였다. 서윤은 체리의 기분을 맞춰 주고 싶었지만 그럴 수 없었다. 목사님 말이 참이 되려면 서윤과 같은 사람은 '모든'의 꾸밈을 받는 명사, 즉 사람에 속하지 말아야만 했다.

'사람이 아니라면 눈사람이라도 되어야 한단 말이야?'

엄청난 반항심이 솟아났다. 비록 못생기긴 했어도 사람이라는 종류에서 빠져야 한다는 생각은 전혀 들지 않았다. 그러니까 잘못은 자신이 아니라 무신경하게 '모든'이라는 형용사를 써 버린 목사님에게 있다고 생각했다. 하지만 서윤은 자신의 생각을 말하지 않았다. 목사님 이야기를 계속하면 체리가 완전히 토라질 테니. 체리는 서윤의 그런 배려를 아는지 모르는지 설교를 시작했다.

"서윤, 우리는 다 아름다워. 이건 진리야. 진리를 어기는 말들은 다 사악한 거야. 넌 건강하잖아. 그런데 단지 남자애들에게 잘 보이려고 다이어트를 하는 건 잘못된 거라 생각해."

"음…… 잘못되었다고 할 것까지는 없지 않을까?"

다이어트도 힘든데 잘못되었다는 말까지 들으니 기분이 상했다.

"잘못되었는지 아닌지는 상관없어. 난 어쨌든 살을 뺄 거야."

서윤은 무뚝뚝하게 말했다.

"대체 왜? 여태까지 불편한 거 없었잖아. 넌 그대로 예뻐."

체리는 열변을 토하느라고 얼굴이 빨개졌다. 서윤도 속이 터져서 점점 얼굴이 뜨거워졌다.

"연체리, 거짓말하지 마. 너도 내가 뚱뚱하다고 생각하잖아."

"아냐."

체리의 단호한 말에 서윤은 체리의 눈을 뚫어져라 바라다보았다. 체리는 그 시선을 슬그머니 피하며 말했다.

"통통하다고 생각해."

서윤은 한숨을 쉬었다. 차라리 웃음이 나왔다.

"그게 그거지."

체리도 답답하다는 듯 서윤의 어깨를 잡았다.

"그렇지 않아. 통통한 건, 네가 이대로 예쁘다는 말이야."

"네가 내 친구니까 그렇게 말하는 거지. 다른 애들은 안 그럴걸?"

"다른 애들? 남자애들 말이야?"

서윤은 체리의 손을 뿌리쳤다. 정말 화가 났다. 비록 다이어트를 하더라도 자기 입으로 뚱뚱하다느니 못생겼다느니 하는 말을 하고 싶은 사람은 없을 것이다. 서윤은 체리가 왜 그런 것도 모르는지 이해할 수 없었다.

'원래 예쁘고 마른 주제에 뭘 안다고.'

서윤은 다이어트를 반대하는 체리에게 화가 났다. 그런데도 체리는 단념하지 않았다.

"서윤, 남자애 때문에 다이어트를 한다면 정말 그만둬야 한다고 생각해. 왜 네가 남자애들 때문에 힘들어야 하냐고?"

친구로서 걱정하는 체리의 마음이 전해지는 것 같아 서윤은 마음이 조금은 누그러지는 것 같았다. 하지만 결심은 사그라지지 않았다.

"힘들어도 살 뺄 거야."

"민서윤, 혹시 좋아하는 애라도 생긴 거야?"

헉. 설마 들킨 것은 아니겠지? 서윤은 자신도 모르게 윤범에게 향하던 눈길을 얼른 거두었다. 운동장을 가로지르며 축구공을 드리블하고 있는 윤범에게서 시선을 떼기는 쉽지 않았지만, 체리의 눈빛이 더 가까웠다. 다행히 체리는 눈치를 챈 것 같지 않았다. 체리의 관심은 온통 서윤을 향해 있었다. 오랜만의 집

중이었지만, 하나도 좋지 않았다.

"그런 거 없어."

"그럼 그만둬."

서윤은 졌다는 생각이 들었다. 체리는 논쟁 같은 걸 시작하면 질기다. 괜히 연체동물이 아니라고나 할까.

"지금은 없지만 언젠가는 나도 누군가를 좋아할지도 모르잖아."

서윤은 자신도 모르게 속마음이 나왔다.

"사랑 같은 거?"

체리의 목소리가 한 톤 낮아졌다.

"그래, 사랑! 나는 중학교 때도 아무도 사귄 적 없어. 너도 두 번이나 사귀었는데."

"그건 사귄 거 아냐. 애들이 놀자고 쫓아다녀서 그냥 몇 번 놀러 간 거라고. 그리고 너는 사귀는 거 관심 없다고 했잖아."

"너는 쫓아다니는 애들이라도 있었잖아. 하지만 나는 그런 적 없다고."

"민서윤, 오히려 잘됐지. 중학교 때라면 몰라도 지금은 하지 말아야 할 시기 아냐? 그렇잖아도 공부할 게 많은데……."

"그건 네가 중학교 때 해 봤으니까 하는 말이야. 공부도 공부지만, 첫사랑이라면 지금밖에 시간이 없지 않아? 네 말대로 고 2부터는 공부해야 하니까 기회는 올해뿐이잖아. 이런 상태로 있다가는 사랑도 못 해 보고 십대가 끝난단 말이야."

"십대에 사랑을 해야 한다는 법이라도 있어?"

"네가 빌려준 로맨스 소설이나 영화를 봐도 다 십대 때 첫사랑을 하잖아. 선생님들 첫사랑 얘기도……."

"바보야, 그걸 믿니? 그리고 사랑이 무슨 자격증이야? 나이니 외모니 그런 게 어디 있어? 진실한 사랑은 외모와는 상관이 없습니다."

말투가 딱 체리네 목사님이었다. 서윤은 교회에 한번 가서 물어봐야겠다는 생각이 들었다. 정말 그게 사실이라면 사모님은 왜 그렇게 예쁜 거냐고. 사모님이 원래는 못생겼을지도 모른다고 생각해 보려고 했지만, 이내 고개를 흔들었다. 사모님은 누가 봐도 모태 미녀였다. 안 예뻤을 때가 없었을 것이다, 체리처럼.

"서윤아, 사람의 진짜 모습을 보는 것이 사랑이라고 했어. 너도 그런 사람을 기다려야지, 외모만 보는 시시한 남자애들 말에 이렇게 힘든 다이어트를 하는 게 무슨 의미니? 너에게 전혀 중요하지 않은 애들 때문에 네가 왜 밥을 굶고 도시락도 못 먹어야 해? 그 애들은 네 인생을 책임져 주지 않아."

체리의 말 중에 틀린 말은 없었다. 서윤이 아무리 배가 고파도 남자애들은 알아주지 않는다. 남자애들이 인생을 책임져 주지 않는다는 말에 서윤은 마음이 살짝 흔들렸다.

"진짜 모습이라고? 그걸 볼 줄 아는 남자애들이 있다고?"

"그럼. 당연히 있지."

"어디?"

서윤이 운동장을 건너다보자 체리는 고개를 저었다.

"그렇게 멋진 남자가 저런 시시한 애들 사이에 있겠니? 세상은 넓고 반은 남자라잖아. 우리 같은 멋진 여자들을 볼 줄 아는 남자는 이런 덴 없을 거야."

"우리가 멋진 여자라고?"

서윤은 되물었다.

"그럼. 우리는 진짜 중요한 게 뭔지 아는 멋진 여자들이니까."

서윤은 속으로 한숨을 쉬었다. 체리는 멋진 여자애일지 모르지만 서윤은 자신이 없었다.

그때였다. 서윤과 체리가 앉은 스탠드 앞으로 공이 날아오는가 싶더니, 남자애 하나가 두 사람 앞에서 앞구르기를 했다. 김휘곤이었다. 공을 쫓으려다 발이 걸려 넘어진 것이었다. 작고 뚱뚱한 휘곤이 짧은 팔다리를 허우적거리며 비틀거리는 모습에 축구를 하던 아이들도 운동장 주위에 있던 아이들도 한바탕 웃음을 터뜨렸다. 몸 개그가 따로 없었다. 그 모습을 정면으로 보아 버린 체리도 터져 나오는 웃음을 참지 못했다. 웃음바다가 된 운동장에서 웃지 않는 건 서윤, 그리고 휘곤뿐이었다. 휘곤은 남들이 왜 웃는지도 모른 채 공을 들고는 열심히 운동장 가운데로 뛰어갔다. 햇빛에 시뻘겋게 익은 얼굴이 더 웃겼다. 웃음을 멈추지 못하는 체리를 보다가 서윤은 갑자기 휘곤도 눈사람과科라는 생각이 들었다.

"연체리."

서윤은 체리를 툭 쳤다. 돌아보는 체리의 얼굴에 웃음기가 가득했다.

"김휘곤, 어떻게 생각해?"

"뭐가?"

"그럭저럭 착하지?"

"응. 누구나 도와주려고 하고 친절하고…… 착한 것 같아."

체리가 고개를 끄덕였다. 서윤은 체리가 역시 괜찮은 아이라고 평가했다. 이제 마지막 시험만 통과하면 진짜 인정.

"그럼 너 김휘곤이랑 사귈 수 있어?"

"어?"

"비록 외모는 저렇지만, 진짜 모습은 착하잖아. 진짜만 봐 줄 수 있느냐고?"

체리의 얼굴에서 웃음기가 차츰차츰 빠져나갔다. 그냥 한번 던져 본 말이었지만, 서윤은 점점 진지한 마음이 되었다.

'체리는 휘곤이랑 사귈 수 있을까? 그렇다면 윤범이도 어쩌면…….'

"무슨 소리야, 갑자기. 내가 왜 개피곤이랑."

운동장 끝에 있는 공을 쫓아가는 김휘곤, 별명처럼 피곤해 보였다. 그에 비해 헌칠한 윤범은 생기가 넘쳐흘렀다.

"거봐, 너도 외모를 보지 않는 게 아니잖아. 개피곤이 좀 생겼다면 단박에 이러진 않을 거야."

체리를 괴롭히려고 물어본 것은 아니었다. 대답하지 못한다고 뭐라고 하고 싶지는 않았지만, 이상하게도 목소리는 비난하는 것처럼 냉랭했다.

"서윤아, 그건······."

체리가 쩔쩔매는 것을 보며 서윤은 순간 자신이 비겁하다는 생각이 들었다. 하필 김휘곤을 예로 들다니······. 누가 김휘곤이랑 사귀고 싶겠는가? 체리는 괜찮은 아이지만, 괜찮은 아이라도 눈은 정상인 것이다. 그건 임윤범도 마찬가지였다. 눈이 있다는 것을 탓할 수는 없었다. 하지만 마음과는 달리 서윤은 쌀쌀맞은 목소리로 말했다.

"거봐. 누구나 말은 그럴듯하게 할 수 있어. 너는 그냥 나처럼 뚱뚱해 보지 않아서 살 뺀다는 생각을 하지 못한 것뿐이야."

"민서윤, 진짜 화낸다. 넌 왜 스스로를 못생겼다고 하니?"

"못생겼으니까. 단지 난 그 사실을 알고, 김휘곤은 모를 뿐이야. 너랑 나랑은 알고 있는 걸 저앤 모르는 거라고. 여태까지의 나처럼."

서윤은 왠지 거의 눈물이 날 뻔했다. 체리가 서윤의 어깨를 잡았다.

"민서윤!"

"그만해! 너도 못생기고 뚱뚱한 김휘곤은 싫은 거잖아!"

둘은 서로를 향해 소리를 지르고 말았다. 하지만 소리를 질러도 답답했다. 서윤은 자리에서 일어났다. 그때였다.

"휘곤이 때문이 아니라······."

체리가 갑자기 목소리를 낮췄다.

"나, 사귀는 사람 있어."

"뭐?"

무릎이 자동으로 굽혀졌다. 체리는 마치 사귀는 남자 친구가 없다면 휘곤도 괜찮다는 듯한 말투였다.

"누군데?"

체리는 운동장 쪽을 보았다. 그러고는 조용히 속삭였다.

"윤범."

운동장에서 휘곤이 다시 넘어졌다. 윤범이 그쪽으로 달려가고 있었다.

"임윤범이라고……?"

서윤은 체리를 멍하니 보았다. 영화를 보다가 생각지 않은 장면에서 귀신이 튀어나오기라도 한 것처럼 깜짝 놀랐다. 하지만 생각해 보니 왜 놀랐는지 이해가 되지 않을 만큼 납득이 되었다.

'연체리랑 임윤범? 왜 눈치를 못 챘지? 정말 잘 어울리네……. 가만, 뭐가? 민서윤, 넌 왜 둘이 어울린다고 생각하니? 그야, 둘 다 미남 미녀니까. 거봐, 다 거짓말이라니까. 체리랑 임윤범, 목사님과 사모님……. 모든 사람은 아름답다고? 입술에 침이나 바르시지.'

서윤은 결론을 내리기로 했다. 자신은 정직하고 연체리는 거짓말쟁이다. 그러니까 예뻐지기만 하면, 그렇게만 된다면 체리나 목사님보다 자신이 훨씬 괜찮은 사람이라고 생각했다.

'연체리, 이제부터 내가 너보다 괜찮은 아이라고 생각해도 되겠지? 윤범…… 그래, 어쨌든 나보다는 체리랑 잘 어울린다는 거 인정해. 지금까지는.'

이렇게 생각했지만 조금도 기분이 나아지지 않았다. 아니, 오히려 분했다. 다음에 혹시 체리가 교회에 데리고 간다면 목사님한테 따지고 말겠다고 다짐했다. 이 세상 모든 사람은 절대 아름답지 않다고. 미남 미녀만 아름답다고. 서윤은 체리가 꼴 보기 싫어서 먼지 날리는 운동장만 보았다. 체리를 미워할 이유는 하나도 없다고, 정신 차리자고 스스로 몇 번이나 다짐했지만 왠지 자꾸 잊어버렸다.

7.
더하기, 빼기

"엄마, 사 줘, 응?"

"글쎄, 안 된다니까! 살을 빼려면 운동을 하라고."

"그거 사 주면 운동도 할 거니까, 응?"

"안 돼."

"엄마는 딸이 좀 예뻐지겠다는데, 그렇게 돈이 아까워? 언제는 굶지만 않으면 좋겠다며?"

"내가 밥 먹으랬지, 누가 그런 이상한 식품을 먹으래?"

벌써 이틀째 서윤은 '다이어트 주스'를 사 달라고 엄마에게 조르는 중이었다. '다이어트 주스'로 3개월 만에 20kg을 뺐다는 유튜버는 한 끼만 먹어도 배가 안 고프고 식욕도 줄어든다며 예전 사진을 보여 주었다. 처음에는 믿어지지 않는데, 효과를 봤다는 댓글이 많았다. 바로 이거라는 생각에 서윤은 흥

분되었다. 하지만 한 달치가 30만 원이나 되었다. 용돈으로는 한 달치도 살 수 없었다. 서윤은 엄마에게 용돈을 더 달라고 했지만, 엄마는 이유를 말하지 않으면 주지 않겠다고 했다. 하는 수 없이 털어놨을 때, 엄마의 표정을 잊을 수가 없었다. 어이없는 짓을 했을 때나 짓는 표정은 초등학교 이후로 처음이었다. 서윤은 엄마도 동영상을 보면 생각이 달라질 거라 확신했지만, 엄마는 요지부동이었다.

"그게 왜 이상한 식품이야? 유튜브에 그거 먹고 살 뺐다는 사람이 얼마나 많은데?"

"그런 거 다 상술이라니까! 적게 먹고 많이 운동하면 살은 다 빠져."

"그걸 누가 몰라? 적게 먹으면 배고프고 먹고 싶은 것도 많으니까 그렇지."

"그거 먹으면 해결이 된대?"

"응."

"어쨌든 안 돼! 엄마, 지금 바쁘니까 그만해. 아빠, 병원에 데려다 주고 출근하려면 빠듯하다고."

"아빠, 어디 아파?"

"술병이지 뭐. 네가 미친닭인지 뭔지 만들어 줬다며? 밤새 화장실 들락거리느라 반쪽이 됐어. 그러게 너무 맵게 만들지 말라고 했잖아, 엄마가."

"미친닭 아니고, 미지닭. 청양고추만 쓰면 그 맛이 안 나온단 말이야."

"어휴, 아빠나 딸이나…… 너도 나가야 하지 않아?"

"흥."

서윤은 하는 수 없이 방으로 들어갔다. 엄마가 아빠한테 병원에 가자고 하는 소리가 들렸다. 아빠가 걱정이 되어 문틈으로 살짝 보았는데, 얼굴이 하얗게 변한 게 정말 아파 보였다. '미친 지옥의 닭발', 줄여서 '미지닭'. 웍을 길들인 후 처음 하는 매운 요리라 웍이 상할까 봐 무척 조심했다. 그런데 웍 대신 아빠가 상한 것 같아 서윤은 좀 미안했다. 하지만 용돈을 얻기 위한 요리였으니까 아빠가 제일 좋아하는 술안주를 만드는 것이 당연했다. 웍이 좋아서인지 미지닭은 성공했지만, 용돈은 실패했다.

"아빠, 나 용돈 조금만—"

겨우겨우 애교를 떨며 말했는데, 아빠는 매워서 쩔쩔매는 얼굴로 자기 용돈도 다 떨어졌다며 한숨을 쉬었다.

"아빠가 다음 달에 5만 원 줄게."

아빠의 표정이 하도 불쌍해서 서윤은 괜찮다고 말했다.

"아빠, 이제 그만 먹어. 이거 사천고추 많이 넣었단 말이야. 내일 아침에 어쩌려고 그래?"

서윤이 접시를 치우려 했지만, 술에 취한 아빠는 용돈을 못 줘서 미안하다며 한 손에 닭발을 들고 소주를 따랐다. 서윤은 아빠가 더 먹을까 봐 도시락통에 닭발을 쌌다. 그날 이후 어색해진 체리와의 사이가 조금이라도 좋아질까 기대하며…….

'화장실에 자주 가면 살도 좀 빠지겠지?'

종례가 끝나고 화장실을 가려는데 갑자기 그런 생각이 떠올랐다. 아빠 대신 배탈이 났으면 좋았겠다 생각하며 사물함 쪽으로 가는데 체리와 마주쳤다. 서윤은 생각을 들키기라도 한 듯 깜짝 놀랐다. 체리가 들었으면 또 한소리 들었을 터였다. 사물함 속의 도시락이 생각났다. 체리에게 주려고 했지만 차마 용기가 나지 않았다. 당황한 서윤은 아무 말이나 지껄였다.

"집에 가려고?"

"아니, 오늘 과외."

서윤과 체리는 서로 웃었다. 하지만 둘 다 완전 어색. 체리는 딱딱한 미소를 지은 채 교실 밖으로 나갔다. 체리의 발걸음 소리가 사라지자마자 서윤은 사물함에서 도시락을 꺼내 창가로 갔다. 운동장을 가로지르는 체리는 긴 그림자마저 예뻤다. 그러자 자연스레 임윤범의 얼굴이 떠올랐다. 아무리 삐딱하게 생각하려 해도 연체리와 임윤범은 완벽한 커플이었다. 소문이 날까 봐 말하지 않았다는 체리의 말을 서윤은 이해할 수 없었다. 모두들 둘이 잘 어울린다고 할 것이다. 만일 의심하는 단 한 명이 있다면 그것은 서윤 자신일 것이라고 생각했다. 체리에겐 왠지 사랑이라는 말이 어울리지 않았다.

서윤은 체리가 보색표 같은 아이라고 생각했다. 언뜻 보면 빨강, 주황, 노랑처럼 따뜻하고 화려하지만, 한 걸음 다가가면 초록이나 파랑처럼 쿨한 아이. 더 가까이 가면 검정에 가까운 보랏빛. 늘 로맨스 소설과 웹툰 얘기를 입에 달고 살지만, 실제로는 이 세상에 로맨스나 사랑 따위는 없다고 단호하게 말하는 아이. 말은 그렇게 해도 좋아하는 상대가 생기면 변하는 아이들도 많았지만, 체리는 한 번도 그런 적이 없었다. 남자애들이 초콜릿이나 과자 같은 걸 주면 생긋 웃지만, 카드 같은 것은 아무 데나 버려두고 오는 체리의 마음속에는 말랑말랑하고 분홍분홍한 것들이 하나도 없는 것 같았다. 그런 체리가 윤범과 커플이라니, 자갈길 위를 달리는 멋진 스포츠카처럼 머릿속이 자꾸만 덜컹거렸다.

고전 시간인가, 사랑이란 원래 생각을 많이 한다는 데서 유래한 말이라고 했다. 오로지 그 사람만 생각하느라 밥맛도 없고, 만나지 못해 병까지 나는 것이라고. 그 사람 얘기만 하는 것도 온통 그 사람만 생각하기 때문이라고 했다. 서윤은 체리가 윤범 얘기를 얼마나 했는지 되새겨 보았다. 한 번도, 거의 매일 붙어 있었지만, 정말 단 한 번도 윤범 얘기를 하지 않았다. 윤범뿐 아니라, 다른 누구 얘기도 많이 하는 적이 없었다. 그건 정답맨 목사님도 마찬가지였다. 서윤 생각에 체리가 가장 많이 생각하는 것은 서윤의 도시락이었다. 서윤은 윤범도 체리가 여태까지 사귀었던 남자애들과 비슷할 거라고 생각했다. 헤어졌다는 말도 헤헤헤 웃으며 수다로 떠벌릴 수 있는. 서윤은 만일 자신이 윤범이랑 사귄다고 하면 체리가 화를 낼지 궁금했다.

'헐, 웬 막장?'

서윤은 제 머리를 쥐어박았지만, 체리는 상관없어할 것 같기도 했다. 체리가 괜찮다면 괜찮은 건가 하는 생각과 동시에 막장 드라마가 떠올랐다. 그 순간, 뭔가 차가운 것이 순식간에 서윤의 머리를 식혔다. 그 차가운 것의 실체는 막장 드라마에 나오는 악녀들이었다. 악녀들도, 일단은 예쁘고 날씬했다. 서윤은 자신을 비웃었다.

'민서윤, 임윤범이랑 너랑……? 망상 좀 그만하시지! 체리랑 100번을 헤어져도 너랑은 안 될 거야. 1%도 가능성이 없어. 적어도…… 적어도 10kg은 빼야 해. 막장이든 뭐든, 어쨌든 살을 빼야 한다고!'

순간, 기분이 축 처졌다. 서윤은 고개를 흔들며 중얼거렸다.

"속상해할 것도 없잖아. 어차피 결심했던 거니까."

"뭘? 뭘 결심했는데?"

갑자기 휘곤이 말을 걸었다. 서윤은 너무 놀란 나머지 휘청거렸다. 서윤은 휘곤을 향해 빽 소리를 질렀다.

"깜짝이야! 너, 뭐니?"

"아니, 난 네가 뭐라고 하기에."

"너는 왜 쫓아다니면서 신경 쓰이게 하니?"

"누가 쫓아다닌다고 그래? 너랑 나랑 주번이니까……."

서윤은 다시 기분이 나빠졌다. 지난주 금요일 종례 때 담임 선생이 서윤과 휘곤을 동시에 부르자, 반 아이들이 까르르 웃던 게 생각났다. 휘곤의 이름이 피곤으로 들렸기 때문이라는 것을 알았지만, 서윤은 그런 애와 동시에 이름이 불려서 기분 나빴다.

"일이나 할 것이지 왜 남의 혼잣말을 엿듣는 거냐고?"

서윤의 말에 휘곤이 입술을 삐죽이며 중얼거렸다.

"혼잣말은 보통 속으로 하지. 소리 내서 말하니까 내가 궁금하잖아. 그런데 결심했다는 건, 유튜브, 아니, 모둠 숙제를 언제 할지 드디어 결심했다는 거지?"

서윤은 한숨을 쉬었다.

"그게 왜 그렇게 연결이 되니?"

"우리 얼른 시작해야 하지 않아? 넌 언제 결심할 건데?"

"그걸 내가 어떻게 알아? 체리도 집에 갔는데……."

"역시, 너희들 싸웠지?"

"무슨 소리야? 우리가 왜……."

"너희들 도시락 때문에 싸운 거 아냐?"

서윤은 휘곤이 왜 체리와 싸웠다고 생각하는지 모르겠으면서도 반박할 수가 없었다. 하지만 도시락 때문에 싸웠다고 생각하다니, 휘곤의 추리가 어이없었다.

"우리가 애냐? 먹는 걸로 싸우게?"

"그러면 도시락은 왜 안 싸 오는 거야? 모둠 숙제 연습 얘기에도 아무도 대답하지 않고……."

"도시락 안 싸 오면 싸운 거냐? 그리고 모둠은 아직 시간 있잖아!"

서윤이 쏘아붙이자 휘곤도 지지 않고 따졌다.

"저번에는 연습을 많이 해야 한다며? 웍도 길들일 겸 너희 집에서 연습해 보자 했잖아."

"웍은 내가 써 봤어. 그러니까 그냥 찍기만 하면 돼. 그리고 사실 연습도 필요하지 않잖아. 어차피 대충 찍어서 내기만 하면 될걸?"

휘곤은 목소리를 낮추며 우물쭈물 중얼거렸다.

"나는 모둠도 모둠이지만…… 그걸로 유튜브를 시작하자는 거지. 넌 요리를 잘하고, 나는 촬영이랑 편집을 잘하니까, 모둠 숙제도 하고 유튜브도 하고, 딱이잖아."

"딱은 무슨 딱? 누가 한다니?"

"넌 네가 요리 잘하는 거 사람들이 많이 아는 게 좋지 않아? 레시피 공책도 나중에 유명한 요리사 되려고 만드는 거 아냐?"

그런 생각까지 해 본 적은 없었지만, 레시피 공책을 사람들이 칭찬해 주는 상상을 하니 서윤은 기분이 좋아졌다. 하지만 휘곤을 칭찬해 주고 싶은 생각은 없었다. 게다가 다이어트가 급한데, 요리라니…….

"요리가 무슨 소꿉놀이냐? 모둠 숙제는 한 번에 끝나니까 우리 집에서 하면 되지만, 유튜브는 계속 찍어야 하잖아. 그걸 매일 우리 집에서 하자는 말이야? 개피곤, 생각이라는 걸 좀 하라고."

서윤의 말에 휘곤의 눈에 기쁜 기색이 섞였다.

"그래서 내가 좋은 방법을 알아냈다니까! 너, 제말호 봤지?"

"제말호? 아아, 유튜브? 그게 왜?"

제말호는 '호랑이도 제 말 하면 온다'는 유튜브 채널의 줄임말이었다. 구독자가 15만이 넘었는데 서윤도 휘곤이 동영상 링크를 보내 주기 전부터 알고 있었다. 제말호는 패션과 화장, 그림, 그리고 다이어트 비결로도 유명했던 것이다. 서윤은 성공률 100%라는 호랑의 다이어트법이 궁금했지만, 동영상으로는 알려 줄 수 없다고 해서 짜증이 났었다.

"내가 호랑 선생님을 만났다고 얘기했나?"

"선생님?"

"응. 청소년 미디어 센터에 강의를 들으러 갔는데, 특강 선생님이 호랑이었다고!"

"헐, 정말?"

서윤은 성공률 100%라는 말이 머릿속을 맴돌았다.

"김휘곤, 너랑 친해?"

잔뜩 기대하는 표정으로 바라보는 서윤의 마음을 조금도 눈치채지 못했는지, 휘곤은 멍한 표정으로 고개를 흔들었다.

"아니. 그냥 만났었다고."

서윤은 맥이 풀렸다.

"헐, 개피곤, 어이없어. 그게 좋은 방법이란 거냐?"

서윤은 고개를 절레절레 저으며 교실 뒷문을 열었다.

"아니, 좋은 방법은 그게 아니라 미디어 센터에 싱크대가 있는 촬영 스튜디오가 있어. 빌릴 수도 있대. 완전 좋은 소식 아니냐?"

서윤은 고개를 절레절레 저으며 도시락 가방을 제자리에 갖다 놓으려 비켜섰다. 그때 휘곤이 서윤의 팔을 잡았다.

"오늘은 뭐야?"

휘곤의 눈길이 도시락에 머물러 있었다.

"한 번만 보여 주라. 궁금해."

'궁금해'라는 수줍은 말투가 조금 귀엽다고 서윤은 느꼈다. 하지만 도시락을 열기로 한 게 귀여워서는 아니었다. 어차피 아빠는 못 먹을 테고, 집에 가져가면 유혹에 질 가능성도 있었다. 버리는 것은 왠지 양심의 가책이 느껴지니까, 휘곤처럼 잘 먹는 아이가 먹어 준다면 오히려 다행일지도 몰랐다.

"우와—"

휘곤은 창틀에 걸레를 놓아둔 채로 도시락에서 시선을 떼지 못했다. 2층에는 새빨간 닭발, 1층에는 초록 주먹밥.

"와— 매워, 아흐흐흐흡, 맛있어."

서윤이 먹으라고 하기도 전에 휘곤은 어느새 닭발을 먹고 있었다. 한입 베어 먹은 주먹밥을 든 왼손으로 부채질을 하며 연신 닭발을 집어 올리는 모습이 왠지 본 것만 같은 비주얼이었다. 서윤은 생각했다.

'그래서, 아빠는 살이 얼마나 빠졌을까?'

8.

도시락 천사

서윤은 체리가 자신과 똑같은 생각을 하고 있다는 것을 알고 있었다. 하지만 둘 사이의 거리는 3미터. 교실 문에서 버스 정류장까지 전혀 좁혀지지 않았다.

'그냥 말해 버릴걸.'

서윤은 앞서 걷고 있는 체리를 보며 후회했지만 거리는 여전했다. 마음이 무거워지는 거리, 3미터. 한달음에 달려가기는 껄끄럽고 그저 유지하기엔 머리가 터져 버릴 것 같은 거리, 싸운 것도 아니라 화해할 수도 없고, 미안하기는 한데 잘못한 것도 없는 사이의 거리. 서윤은 후회가 되었다. 하지만 기회를 놓친 것은 자신이라는 생각이 들었다. 오늘 아침 교문 앞에서 우연히 눈이 마주쳤을 때, 체리의 눈동자가 글썽글썽 반짝거렸던 것이다. 체리에게 달려가려고 했지만, 그 순간 임윤범이 체리에게 다가갔다. 둘이 나란히 걸었던 것도 아닌데, 서윤의 발길은 그대로 멈췄다. 체리에게는 멋진 남자 친구가 있었다. 글썽거리는 눈빛을 할 사람은 체리가 아니라 바로 자신이라는 생각에 서윤은 단 한 걸음도 체리를 향해 나아갈 수 없었다.

"앗, 파란불이다."

누군가 소리치자 아이들이 우르르 달리기 시작했다. 서윤도 본능적으로 뛸 태세를 갖췄다. 그때 갑자기 팔 하나가 서윤을 가로막았다. 휘곤이었다.

"기다려, 위험해. 여기서 저기까지 대충 5.4초가 걸린다 치고, 횡단보도까지 전속력으로 건너면 대략 7초 내외, 그런데 남은 시간은……."

"뭐야? 지금 수학 문제 푸냐?"

"네 목숨을 구해 주려고. 너도 내 목숨을 구해 줬잖아."

"하! 하하하……."

서윤은 어이없는 웃음만 흘렸다. 괜히 도시락을 만들어 줬다는 생각이 들었다.

'개피곤, 불쌍히 여기지 말았어야 했는데.'

벌써 사흘째, 부드럽고, 달달하고, 말랑말랑한 도시락을 싸 오는 중이었다. 이게 다 미지닭 때문이었다. 휘곤은 미지닭을 먹은 다음 날 결석을 하고 말았다. 배탈 때문이라는 선생님의 말에 서윤은 미안해졌다. 아빠한테 줄 때처럼 미리 우유를 먹이거나 후식으로 위장약이라도 사 줬어야 했는데……. 다이어트 때문에 아무것도 만들고 싶지 않았지만, 배탈 난 아빠에게 줄 겸 도시락을 만들었다. 양배추우유수프, 마찹쌀죽, 오늘은 달걀찜까지…….

"네 위 말이야, 그다지 연약해 보이지도 않는데 이제는 다 낫지 않았니?"

"응, 괜찮아."

휘곤은 배를 두드렸다.

"그런데 보온병은 왜 안 줘?"

"어…… 그게…….'

"빨리 줘."

"아, 그러니까…… 미안, 먼저 간다."

김휘곤은 횡설수설하더니 손을 흔들며 뒷걸음쳤다.

"야, 개피곤! 보온병!"

서윤이 소리를 지르며 쫓아가는 시늉을 하자 휘곤은 얼른 돌아서서 달리기 시작했다.

"신호등을 지키라니, 내가 유치원생이야?"

혼자 중얼거리며 아직도 빨간불인 횡단보도 앞에 섰다.

"지키는 게 맞지. 사고로 죽는 건 억울하잖아. 자기 운명대로 살지도 못할 테니까."

갑자기 체리가 서윤 옆으로 왔다. 앞서가던 아이가 언제 옆으로 왔는지 알 수 없었다. 일부러 와 준 것이라는 생각에 서윤은 살짝 긴장했다. 이때를 잘 넘기지 않으면 다시 어색해진다. 서윤은 최대한 아무렇지 않은 목소리로 대꾸했다.

"운명이 있다고 믿어?"

"있지 않을까?"

"난 안 믿어. 그럼 유리한 사람만 계속 유리하라는 거 같아."

"유리하다니?"

"그렇잖아. 원래 예쁜 애들은 계속 예쁘고 못생긴 애들은 계속 못생기라는 거 같잖아."

"서윤, 그런 말은 아니지 않을까?"

체리가 어이없다는 듯 신호등을 가리키며 웃었다.

"운명대로 살아야 한다면 수학을 못하는 애는 계속 못한 채 살라는 거겠네?"

서윤의 말에 체리는 잠시 생각에 잠기는 표정이 되었다.

"음…… 수학 못하면 큰일 나나?"

당연히 반박할 것이라 생각했는데, 갑자기 수긍하는 분위기에 서윤은 고개를 저었다.

"헐, 연체리. 바보냐? 수학은 운명에 속하지 않는 게 당연한 거 아냐? 못생기거나 뚱뚱한 거랑은 다르지. 나는 그런 것도 운명이라고 믿지는 않지만……."

"네 말도 일리가 있지만, 수학을 못하는 애가 잘하게 되는 것도 어떤 면에서는 운명을 거스르는 일이 아닐까? 어쨌든 애써야 하잖아. 성형 수술이든 수학이든 운명을 거스르는 일이라 힘든 걸지도 모르지. 하지만 너무 애쓰면 병 걸려 일찍 죽을 수도 있잖아? 가늘고 길게 살려면 수학은 차라리 못하는 게 낫겠네."

가늘고 길다니, 딱 자기 생긴 것같이 살고 싶다는 말처럼 들려 서윤은 웃음이 터졌다. 드디어 돌아왔다고 생각했다. 어딘지 멍하고 웃긴 연체리가.

"너도 개피곤 잔소리 들었냐? 신호등 지키라는?"

"아니. 그런 얘긴 들은 적 없어. 대신……."

"대신에 뭐?"

"에이, 왜 모른 척이야? 자, 도시락."

체리가 생글생글 웃으며 가방을 열더니 보온병을 꺼냈다. 주황색 뚜껑, 아침에 휘곤에게 준 것이 분명했다. 체리는 서윤의 팔을 잡으며 부닐었다.

"휘곤이 시키지 말고 직접 주지 그랬어? 그럼 네 마음을 더 빨리 알아차렸을 텐데……. 난 네가 계속 화나 있는 줄 알았단 말이야."

서윤은 이젠 보이지도 않는 휘곤을 찾으려는 듯 건너편을 바라다보았다.

"달걀찜, 정말 맛있었어, 서윤아."

"이걸 김휘곤이 줬다고?"

"응. 휘곤이하고 많이 친한가 봐. 이런 부탁도 하고……."

'개피곤, 대체 무슨 짓을……,'

서윤은 어이없다고 생각했지만 방긋 웃는 체리를 보자 고마운 마음이 들었다. 하지만 체리와 싸운 것을 들켰다는 것이 창피하기도 했다. 갑자기 체리가 작은 목소리로 물었다.

"혹시 휘곤이랑 사귀어?"

"뭐?"

서윤은 자기도 모르게 소리를 빽 지르고 말았다. 체리가 주위를 돌아볼 정도였지만, 신경 쓰지 않았다. 도대체 어떻게 그런 말이 나올 수 있단 말인가.

"아니, 휘곤이가 도시락 자랑을 해서⋯⋯."

"아아, 그건, 저번에 걔가 아팠잖아. 그래서⋯⋯."

"아프다고 해도 아무한테나 도시락을 싸 주지는 않을 거 아냐."

여전히 호기심으로 반짝이는 체리의 눈동자를 보며 서윤은 정색을 했다.

"배탈 난 게 내 도시락 때문이라 미안했을 뿐이야. 이상한 소리는 하지 말아 줘."

"음⋯⋯ 그게 그렇게 이상한 소린가? 휘곤이, 공부도 잘하고 욕도 안 하고, 괜찮다고 생각했거든."

기가 막혀 말도 나오지 않았다.

'연체리, 너랑 임윤범은 그렇다 치자. 하지만 어떻게 나랑 김휘곤을⋯⋯.'

서윤은 화가 났지만 겨우 화해를 한 터라 꾹 참고 있었다. 그런 서윤의 마음을 알아차리지 못하고 체리는 가방에서 프린트를 꺼냈다.

"그나저나 우리 모둠 숙제 말이야. 휘곤이가 준 콘티 너도 봤지? 요리를 내가 하던데, 잘못된 거 아냐?"

서윤은 이해가 안 된다는 표정으로 체리를 보았다.

"뭐가? 너 아니면 누가 해?"

"하지만 회의 때는 네가 요리, 내가 발표, 휘곤이가 촬영이었잖아. 왜 이렇게 바뀐 거지? 내가 요리 못하는 거, 네가 가장 잘 알잖아."

서윤은 답답하다는 표정으로 손을 흔들었다.

"넌 대역도 몰라? 말하자면 내가 대역 요리사고 네가 요리하는 척을 하는 거지."

서윤의 말에 체리는 "대역……."이라고 중얼거리며 고개를 끄덕였다. 하지만 여전히 이해되지 않는 표정이었다.

"복잡한데 왜 그렇게 해? 나는 발표만 하는 줄 알고 영조 임금에 대해 공부 많이 했단 말이야."

"발표도 네가 하고, 찍는 것도 네가 해."

"하지만 회의 때는 그런 말 없었잖아. 휘곤이도 같은 생각이야?"

체리의 지적에 서윤은 살짝 찔렸지만 고개를 끄덕였다. 사실 콘티를 고친 것은 자신이었다. 휘곤도 똑같은 질문을 했지만, 서윤의 답은 하나였다.

"당연한 걸 말로 해야 하냐? 우리 셋 중에 누가 카메라에 가장 잘 나오겠니? 걱정 마, 요리 준비는 벌써 다 되어 있으니까. 요리 과정 정리한 거 메일로 보낼게."

체리는 미진한 표정으로 천천히 고개를 끄덕였다.

9.
주인공의 조건

"아, 연체리! 거기서 뚜껑을 열면 어떻게 해?"

녹두묵 냄비를 젓고 있던 서윤의 말에 체리가 얼른 냄비 뚜껑을 덮었다. 화장 덕에 체리의 눈이 평소보다 더 커졌다.

"아니, 나는…… 휘곤이가 뭔가 해 보라기에……."

서윤은 한숨을 쉬었다. 달걀 지단을 찢어 버리고, 녹두묵을 뭉치게 만들더니, 이제는 보리밥도 설익게 생겼다. 흉내도 제대로 못 내는 체리 때문에 짜증이 났다. 하지만 서윤은 체리가 아닌 휘곤을 노려보았다.

"야, 개피곤! 너는 왜 체리에게 그런 걸 시키니?"

"아냐. 난 뚜껑 열라고 하지 않았어. 체리가 계속 뚜껑만 보고 있어서 뭔가 해 보라고 했을 뿐이라고."

"밥이 끓고 있는데 뭘 하라고? 그냥 찍기나 할 일이지 왜 쓸

데없는 말을 해서……."

서윤의 말에 휘곤이 카메라를 내리자 체리가 미안한 표정을 지었다.

"그만해, 서윤아. 어쨌든 찍으면 되잖아. 보리밥이 어떤 맛인지 선생님은 모를 거야."

"그래도 음식인데 제대로 완성해야지."

"어차피 과정을 찍는 거잖아. 묵 만드는 것도 그만 멈춰도 되지 않아?"

"하던 음식을 버리잔 말이야?"

"시간이 너무 오래 걸리니까. 아직도 찍을 게 많아. 설명하는 건 나중에 녹음해도 되지만, 벌써 두 시간이나 지났잖아. 보리밥이랑 조기 구이도 만들어 왔다며? 괜히 중간 과정을 찍는 것 같아. 시간이 너무 걸려."

체리의 말에 서윤은 입을 다물었다. 그게 다 네 탓이 아니냐고, 칼질은 그렇다 쳐도 어떻게 채소도 제대로 못 씻느냐고 쏘아 주고 싶었다. 그런 서윤의 마음을 아는지 모르는지, 체리는 휘곤을 보았다.

"휘곤아, 이제 묵 자르는 거랑, 탕평채 만드는 거 찍자."

"어, 그래도 되겠어? 묵은 딱 한 덩이밖에 없어서 실수하면……."

휘곤은 카메라를 만지작거리며 서윤을 보았다. 서윤도 심각한 표정으로 체리를 보았다.

"체리야, 얇게 잘 잘라야 하는데, 할 수 있지?"

체리는 한숨을 쉬었다.

"솔직히 자신 없어. 그냥 네가 하면 안 돼? 써는 손만 찍으면……."

서윤은 휘곤을 보았다. 하지만 휘곤은 진지한 표정으로 고개를 저었다.

"안 돼, 이건 중요한 장면이라 대역을 쓸 수 없다고. 묵을 썰면서 탕평채에 대해 소개해야 하는데, 손 따로 말하는 거 따로 찍으면 되게 어색하단 말이야. 편집도 힘들고."

휘곤의 말에 체리가 한숨을 쉬었다. 그때, 스튜디오 문이 열렸다.

"잘되어 가니?"

제말호의 호랑. 촬영 콘티 짜는 법을 배울 때 만난 후, 오늘이 두 번째 만남이었다. 유명한 유튜버에 디자이너라고 해서 긴장했는데, 미디어 센터에서 만난 호랑은 휘곤의 말대로 친절했다. 진한 화장에 화려한 옷을 입은 영상에서의 모습과는 달리 청바지와 흰 셔츠에 머리를 질끈 묶은 모습 덕분인지 이웃집 언니처럼 보이기까지 했다.

"선생님!"

휘곤이 호랑에게 달려가 고개를 꾸벅 숙였다.

"너희들 어떻게 하는지 보고 가려고 왔는데, 아직 안 끝났네? 지금쯤이면 정리 중일 거라 생각해서 온 건데……."

"아, 저희가 처음이라 실수를 해서요……."

"왜? 휘곤이 너 잘 찍잖아."

"아, 그런 게 아니라 요리를 하는 게……."

"요리? 쉽다고 하지 않았어?"

호랑의 말에 체리의 얼굴이 붉어졌다.

"제가 요리를 못해서요……."

호랑이 고개를 갸웃거리며 체리와 서윤을 번갈아 보고는 손가락으로 서윤을 가리켰다.

"네가…… 서윤이었지? 아무튼 요리를 잘하는 건 너라고 하지 않았니? 처음 아이디어를 낸 것도 너라면서? 영조의 건강 요리로 현대의 급식을 구성한다는 아이디어. 널 보고 나서 휘곤이가 같이 유튜브를 하고 싶어 할 만하구나, 생각했는데."

"전 유튜브 한다고 한 적 없어요. 그리고 아이디어도 별 건 아니에요. 역사 속의 현대가 주제라고 해서 탕평채가 생각났을 뿐이에요."

"네가 요리를 좋아하니까 그런 생각도 떠오른 거지."

칭찬이 아닌 것 같은 목소리로 칭찬을 받으니 서윤은 어떻게 반응해야 할지 알 수 없었다. 호랑은 다시 한번 체리와 서윤을 보더니 휘곤에게 물었다.

"그런데 왜 체리가 앞치마를……. 서윤이가 요리하지 않았니?"

"사진은 체리가 잘 나온다고 해서요……."

휘곤의 말에 호랑은 이제야 이해가 된다는 표정이었다. 호랑은 휘곤에게 카메라를 건네받아 찍힌 장면들을 되감아 보았다. 그러고는 고개를 내저으며 한숨을 쉬었다.

"스튜디오 쓸 시간이 한 시간도 안 남았는데, 이럴 시간 있니? 너희는 내용보다 화면 잘 나오는 게 더 중요해? 서윤아, 그렇게 생각해?"

서윤은 호랑이 왜 자신에게 묻는지 알 수 없었다. 호랑은 서윤의 대답을 기다리고 있었다.

"화면에는 예쁘게 나오는 게 더 좋지 않아요?"

호랑은 휘곤의 카메라 앞으로 셋을 불러 모았다.

"너희들, 찍은 거 한 번이라도 점검했니? 내가 보기엔 하나도 안 예쁜데? 체리는 긴장하고 있고, 요리하는 모습은 아슬아슬하고……. 영혼 없어 보이는 게 내 눈이 잘못되어서니?"

카메라 앞에 옹기종기 서서 화면을 보며 아무도 입을 열지 못했다. 부정하고 싶지만 호랑의 말대로 화면 속 체리는 어색했고, 요리도 흉내 내고 있는 티가 역력했다. 호랑은 휴대전화로 시간을 확인하더니 자리에서 일어났다.

"얘들아, 화면 예쁜 것도 좋지만 내용이 없으면 아무도 안 봐. 그리고 주인공 없는 채널은 없어. 잘하고 싶어서 나한테 와서 배운 거 아냐? 휘곤이, 이거 잘 찍어서 나한테 보여 주겠다고 했지? 기다릴 만한 거 만들 수 있겠어? 아무튼 끝난 건 아니니, 알아서들 해."

휘곤은 호랑이 나간 문을 향해 90도로 인사를 했다. 그러고는 체리와 서윤을 향해 돌아섰다. 휘곤과 체리의 눈동자가 서윤을 향했다. 서윤이 외면하려는 찰나 휘곤이 체리 앞에 있던 칼을 서윤의 손에 쥐여 주었다.

"서윤아, 이거 유기 접시에 놓으면 멋지겠지?"

"뭐?"

"탕평채는 유기 접시에 담아야 예쁠 거라고 했었잖아. 그래서 내가 돈을 모으고 있는데……."

서윤은 그제야 휘곤이 무슨 말을 하는지 알아차렸다. 얼마 전 지나가는 말로 유기 그릇 세트를 사고 싶다고 한 말을 기억하고 있는 것이었다. 하필 지금 유기 접시 이야기를 꺼내는 휘곤이 얄밉다고 생각하는데, 갑자기 체리가 서윤의 목에 앞치마를 걸어 주었다.

촬영은 30분 만에 끝났다. 서윤과 체리는 편집까지 하겠다는 휘곤을 미디어 센터에 남겨 둔 채 집으로 향했다.

"역시 민서윤이야. 다 풀떼기여서 급식으로는 별로라고 생각했는데, 탕평채 예쁘더라. 비빔밥도 맛있고."

"비빔밥은 고추장 덕이지."

"설마 고추장도 네가 만든 거야?"

"당연히 아니지. 휘곤이 거에 양념만 한 거야. 휘곤이네는 할머니가 직접 고추장을 만드신대."

"직접? 그래서 휘곤이가 입맛이 까다롭구나?"

"까다롭다니, 아무거나 맛있다고 말하는 개입맛이던데, 개피곤?"

서윤의 말에 체리가 큭큭 웃었다.

"하지만 네 도시락 좋아하는 걸 보면 확실히 맛있는 건 아는

애라고 봐. 그건 그렇고, 그때 그 달콤한 수프 이름이 뭐야? 호
박 들어간 거. 만들기 어려워?"

"호박사과수프? 왜?"

"나 같은 요리 바보도 만들 수 있을까?"

"간단해. 버터에 양파를 볶다가 호박이랑 사과랑 물을 함께
넣고 익히면 돼. 다 익으면 우유 넣어서 갈고, 생크림하고 섞으
면 끝. 하나도 안 어려워. 먹고 싶어? 만들어 줄게."

"아, 아냐. 실은 윤범이한테 만들어 주면 어떨까 해서. 내가
돈이 다 떨어졌거든."

서윤은 갑자기 할 말이 없어졌다. 체리가 남자 친구에게 뭔
가를 만들어 줄 생각을 하다니, 처음 있는 일이었다. 체리가 윤
범을 진지하게 생각하는 것 같아 서윤은 마음이 복잡해졌다.
체리는 귀엽게 한숨을 쉬며 투덜댔다.

"넌 좋겠다. 남자 친구 있으면 얼마든지 만들어 줄 수 있을
거 아냐?"

'물론 그렇겠지. 남자 친구가 있다면.'

서윤도 체리처럼 한숨을 쉬었다. 체리는 서윤을 보며 다시
투덜댔다.

"아, 귀찮아. 사귀면 왜 선물 같은 걸 주고받는 걸까? 돈도 없
는데 말이야. 다행히 집에 호박이 있으니까……."

체리는 갑자기 뭔가 생각났다는 듯 주머니를 뒤적였다.

"서윤아, 이거 봐. 좀 화려하지?"

체리의 손바닥에서 푸른색 귀걸이가 반짝거렸다.

"뭐야?"

"이거, 윤범이가 골랐어. 윤범이랑 나랑 보는 눈이 너무 다르더라고. 처음엔 내 맘대로 사려고 했는데, 남자애 눈에 예쁜 게 좋을 것도 같아서……. 하지만 내 선물이야. 돈은 내가 냈으니까. 임윤범, 나한테도 이 비슷한 걸 사 주더라고. 솔직히 마음엔 안 들지만……."

체리는 가방 속에서 초록색 지르콘이 주렁주렁 달린 커다란 귀걸이를 꺼내더니 귀에 끼웠다. 새카만 머리카락을 귀 뒤로 넘기며 생긋 웃는 체리가 이제까지 본 중에 가장 예뻤다.

"예쁘다."

"화장해서 그렇게 보이는 걸 거야. 너도 화려한 거 입을 때 해. 다른 액세서리는 하지 말고. 귀걸이가 샹들리에 같아서 다른 것까지 하면 촌스러워 보일 테니까."

체리의 선물을 들어 올리며 서윤은 자신에게 그것이 잘 어울릴까 잠시 생각에 잠겼다. 바다색이랑 닮은 귀걸이는 화려하고 예뻤다. 하지만 중 2 때 귀를 뚫은 후로 귀걸이를 한 적이 없다. 갑자기 저런 화려한 귀걸이를 해 봤자 볼살로 통통한 둥근 얼굴에는 어울리지 않을 것 같았다. 귀가 막혔을지도 모른다는 생각이 문득 들었다. 귀걸이를 하려면 다시 뚫어야 하나 겁이 나면서도 윤범이가 골랐다니 탐이 났다.

"고마워."

"민서윤, 너 요즘 예뻐진 것 같아."

"정말?"

체리가 환하게 웃으며 서윤에게 귓속말을 했다.

"사랑을 하면 예뻐진다는 말은 맞는가 봐."

서윤은 멍한 표정으로 체리를 보았다.

'사랑을 하면 예뻐진다고……? 내가? 누구를?'

무엇부터 물어봐야 하는지 생각을 고르는데, 갑자기 체리가 흥얼거렸다.

"윤범이가 그러는데, 1학년 소풍 서울공원이 유력하대. 거기, 쇼킹불릿 재오픈해서 남자 애들이 몰표를 줄 거라네. 잘됐지? 너도 쇼킹불릿 좋아하잖아."

쇼킹불릿. 복잡했던 질문들이 한꺼번에 사라졌다. 체리가 누구를 생각하며 그런 말을 했는지 더 이상 중요해 보이지 않았다. 곧 소풍이었다. 또 요리할 이유가 생겼다. 일주일 후면 소풍이고, 도시락 없는 소풍은 없으니.

10.

쇼킹불릿

엘리베이터에서 내리는데 바람이 살랑 무릎을 스쳤다. 레이스처럼 얇은 시폰 꽃무늬 원피스가 바람의 물결을 그리다가 잦아들었다. 서윤은 잠시 뒤를 돌아 엘리베이터에 모습을 비춰 보았다. 아니, 머리카락을 귀 뒤로 넘기며 귀걸이를 확인했다. 걱정과는 달리 귀걸이 구멍은 막히지 않았고, 어젯밤에는 때마침 아빠가 원피스를 사 왔다.

"민서윤, 정말로 그거 입고 갈 거야? 그냥 청바지에 티셔츠나 입고 가시지?"

현관문을 나서기 전까지 엄마는 말했다. 이상하냐는 질문에는 아니라고 하면서도 청바지를 꺼내 온 엄마 때문에 서윤은 자신감이 없어졌다. 하지만 막상 밖으로 나오니 시원한 바람과 흔들리는 귀걸이에 어울리는 옷차림이라는 확신이 들었다.

'엄마는 괜히⋯⋯.'

어젯밤부터 엄마는 마음에 안 들어 했다. 하늘색 바탕에 원색의 꽃그림을 보자마자 바꿔 와야 한다고까지 했다. 하지만 술에 취한 아빠는 서윤이 거라며 소리를 질렀다. 처음에는 서윤도 엄마와 같은 의견이었지만, 문득 귀걸이가 떠올랐다. 비록 초등학교 저학년 이후로는 입어 본 적 없는 화려한 색이었지만, 매일 칙칙한 교복만 입어서 그런지 괜찮아 보였다. 체리도 분명 예쁘다고 말해 줄 것이다. 서윤은 도시락 가방을 슬쩍 보았다. 일주일 전부터 구상했던 김밥과 크로켓과 후식이 들어 있었다. 체리가 학급 임원이어서 함께 가지 못하는 것이 아쉬웠는데, 원피스로 놀래 주는 것도 괜찮을 것 같았다. 서윤은 지하철에서 내리자마자 체리에게 전화를 했다. 귀걸이를 하고 왔다는 말에는 반응도 없이 체리는 할 말만 하고 전화를 끊었다.

"서윤아, 우리 반은 회전목마 앞에서 만나기로 했어. 그런데 너 오늘 어떻게 할 거야? 점심은 누구랑 먹어?"

서윤은 기분이 나빠졌다. 갑자기 기분이 처진다고 생각했지만 실은 체리와 전화를 끊기 전에 이미 이유를 알고 있었다. 서윤은 오른발로 계단을 툭 쳤다.

'민서윤, 이게 삐칠 일이야? 체리는 있다고, 남자 친구가. 남자 친구 있는 애가 소풍날 여자 친구랑 도시락 먹는 거 봤어? 체리가 말해 주지 않았어도 네가 잊어 먹지 말았어야지. ⋯⋯ 하지만 남자 친구랑 할 게 그렇게 많다고? 그래, 점심은 그렇다 쳐. 하지만 오늘 어떻게 할 거냐니? 종일 나 혼자 다니라는 거야? 나는 다른 애들이랑 아무 약속도 안 잡았는데? 아니야, 그 것도 민서윤, 네 잘못이야. 남자 친구가 있으면 둘이 다니는 게 당연하다고 누구나 생각할 거야. 아, 그런 것도 모르고……. 민 서윤, 너 짜증 나! 하지만 도시락은 어떻게 하지? 그냥 집으로 갈까? 안 돼, 출석 체크는 해야지. 하지만 도시락 가방. 눈에 띄 니까 체리가 눈치챌 거야. 미안해할 텐데, 그보다 내가 아무 생 각 없는 애라고 생각할지도 모르는데, 아, 정말 어떻게 해?'

전철이 도착했는지 사람들이 우르르 계단을 올랐다. 그중 한 사람이 서윤의 팔을 툭 쳐서 도시락 가방이 바닥에 떨어졌다. 서윤은 친 사람을 노려보려 했지만, 사람들이 개미처럼 몰려들 어 누군지 알 수 없었다. 그보다 지나가는 사람들이 도시락 가 방을 흘깃거리는 것 같았다. 서윤은 얼른 계단 옆으로 피했다. 어제부터 분주했던 시간들이 갑자기 망한 테트리스처럼 서윤 의 어깨 위로 떨어져 내렸다. 편의점에서 산 도시락이라면 당 장 쓰레기통에 버리고 싶었다. 하지만 음식을 채운 찬합은 비 싼 것이어서 버릴 수도 없었다. 그때 커다란 여행용 트렁크를 든 여자가 서윤 쪽으로 왔다. 언뜻 외국인 같아 당황해하는 순 간, 여자는 서윤을 지나쳐 물품 보관함 쪽으로 갔다.

'아! 내가 왜 그 생각을 못 했지?'

서윤은 대번에 기분이 나아졌다. 서윤은 트렁크를 든 여자 뒤에 서서 지갑을 뒤지기 시작했다.

"민서윤?"

보관함 앞에서 동전을 찾고 있는데 익숙한 목소리가 들렸다.

"김휘곤!"

청바지에 흰 바람막이 점퍼 차림의 휘곤은 더 짧고 더 뚱뚱해 보였다.

"거기서 뭐 해?"

휘곤이 서윤에게 다가왔다. 마침 서윤의 차례였다. 서윤은 동전을 꺼내 손바닥에 놓았다.

"동전 필요해? 그런데 이건 도시락이잖아. 거기다 보관하면 상할 텐데."

서윤은 대답하고 싶지 않았다. 하지만 500원짜리 하나가 모자랐다.

"500원 있으면 빌려줘."

"설마 벌써 다 먹은 거야, 도시락을?"

서윤은 고개를 절레절레 저었다. 물품 보관함의 시계는 9시를 가리키고 있었다.

"지금이 몇 시인데 도시락을 다 먹니? 생각 좀 하고 살아라."

서윤의 날카로운 반응에 휘곤은 머리를 긁적였다.

"아니, 나도 이상해서 물어보는 거지. 빈 도시락도 아닌데 왜 두고 가려고 해?"

"빌려주기 싫으면 저리 비켜. 편의점 가서 바꿔 오면 되니까."

"저기, 벌써 9시야. 담임이 15분까지만 기다려 준다고 했잖아."

"그럼 돈 빌려줘."

"저, 혹시…… 무거워서 그래? 내가 들고 갈게. 대신 체리랑 먹을 때 나도 끼워 줘라."

"뭐?"

휘곤은 빙긋이 웃으며 서윤의 팔에서 도시락을 가로챘다.

"솔직히 소풍보다 네 도시락이 더 기대되었거든."

웃는 휘곤의 얼굴에 서윤은 갑자기 기분이 좋아졌다. 하지만 그것을 들키고 싶지는 않았다.

"마, 말도 안 되는 소리를……. 오늘은 뭐니 뭐니 해도 쇼킹 불릿이지."

"우왓, 민서윤, 너 그거 탈 수 있어? 난 절대 안 탈 건데. 무서운 거 완전 싫어해."

휘곤은 생각만 해도 무섭다는 듯 몸을 부르르 떨었다. 서윤은 심술궂게 미소를 지었다.

"네가 그거 타면 도시락 먹게 해 줄게."

"뭐? 야, 그런 게 어디 있어? 싫어. 난 그냥 사진만 찍고 맛만 보면 되는데……."

휘곤이 징징거렸다. 서윤은 휘곤의 억울한 표정이 재미있었다.

"네가 탄다면 체리 대신 너랑 도시락 먹으려고. 이거 일주일 전부터 구상한 특별 도시락이야. 딱 2인분 싸 왔다고."

2인분이라는 말에 휘곤의 표정이 굳어졌다.

"체리는 어쩌고?"

"체리는 오늘 따로 먹기로 했어."

서윤은 휘곤이 꼬치꼬치 물으면 어떻게 해야 하나 머릿속이 바빴다. 윤범 이야기를 꺼낼까 봐 조마조마했다. 하지만 휘곤은 체리가 왜 서윤과 점심을 안 먹는지는 궁금하지 않은 것 같았다.

"와, 정말 나 혼자 1인분 먹을 수 있는 거지?"

"물론."

휘곤은 두 손으로 도시락 가방을 한번 들어 보더니 고개를 끄덕였다.

서윤은 기분이 완전히 좋아졌다. 도시락뿐만 아니라, 오늘 하루 누구와 다닐지 체리가 물어도 대답할 수 있게 되었다.

"선생님, 쇼킹불릿 오픈 시간 다 되었어요. 얼른 해산시켜 주세요!"

누군가 말했다. 담임 선생이 수첩을 꺼내 이름을 부르기 시작하자 체리가 서윤 옆으로 찰싹 다가들었다.

"서윤아, 쇼킹불릿 안 탈 거야?"

"탈 건데?"

체리는 서윤의 팔을 놓고 한 발짝 뒤로 물러서서 서윤을 위아래로 훑어보았다. 서윤은 조금 긴장했지만, 귀걸이가 잘 보이도록 머리를 귀 뒤로 넘겼다.

"어때?"

체리는 심각한 표정을 짓더니 서윤에게 속삭였다.

"음…… 속바지는 입었어? 쇼킹불릿 360도 회전하는 거 알지?"

예쁘다거나 귀걸이가 잘 어울린다는 말을 기대했던 서윤은 체리의 말에 실망했지만, 속바지를 안 입었다는 것을 깨닫자마자 한숨이 나왔다. 살랑거리는 시폰 원피스를 입고 쇼킹불릿을 타면…… 오랜만이라지만 아무 생각도 없었던 자신이 너무 한심했다. 그때 휘곤이 불쑥 끼어들었다.

"연체리, 나랑 서윤이는 쇼킹불릿 같이 타고 점심도 같이 먹기로 했어. 넌 서윤이 도시락 못 먹는다면서? 안됐다, 뭘 먹기로 한 거야?"

"아, 우리는…… 학년 위원들끼리 회의를 좀 하기로 했거든. 그거 끝나고 돈가스집 가기로 했어."

"소풍날 겨우 돈가스?"

휘곤은 체리가 둘러대는 말에는 관심도 없는 듯 싱글거리며 도시락을 꽉 쥐었다.

담임의 입에서 드디어 해산이라는 말이 나왔다.

"서윤아, 그럼 넌 휘곤이랑 계속 다닐 거야?"

체리의 말에 서윤은 괜히 기분이 나빠졌다.

"알아서 할 거야."

"우리는 쇼킹불릿은 점심 먹은 다음에 타기로 했거든. 너도 이따가 타는 게 어때? 점심도 우리랑 같이 먹을까?"

서윤은 걱정하는 체리의 마음을 알면서도 그렇게 말하지 않았으면 좋았을 것이라고 생각했다. 서운한 티가 날 것 같아 입을 열 수가 없는데 또다시 휘곤이 대답을 대신 했다.

"나랑 먹을 거라니까? 연체리, 이제 헤어져. 빨리 가지 않으면 줄 길어진단 말이야. 민서윤, 빨리 가자."

휘곤의 말에 체리가 고개를 끄덕이며 손을 흔들었다. 서윤은 다행이라고 생각하며, 놀이기구 쪽으로 바삐 가는 휘곤의 뒤를 따랐다.

"다행이다, 두 번만 기다리면 탈 수 있을 것 같아. 와, 그런데 정말 높다. 하나, 둘, 셋…… 거꾸로 매달리는 구간이 세 번이야? 중간에 멈추는 데는 어디일까?"

까마득한 높이의 쇼킹불릿을 올려다보며 휘곤의 안색이 어두워졌다. 쇼킹불릿은 출발과 동시에 비명을 만들어 내고 있었다. 서윤은 한숨을 쉬며 말했다.

"개피곤, 그냥 가자."

"왜?"

휘곤은 순간 반색을 하면서도 고개를 갸웃거렸다. 서윤은 치맛자락을 흔들었다.

"내가 멍청했어, 치마를 입다니. 어울리지도 않는 걸……."

서윤의 말에 휘곤은 입술을 비죽거리며 고개를 흔들었다.

"아냐, 시원해 보이는데?"

그 말에 서윤은 어이없을 정도로 기분이 나아졌다. 쇼킹불릿을 타지 않아도 휘곤에게 도시락을 다 주고 싶다는 생각이 들 만큼. 휘곤은 치맛자락을 가리키는 서윤을 보고는 갑자기 바람막이를 벗어 서윤에게 건넸다.

"뭐야?"

"자리에 앉은 다음에 바람막이로 허리랑 무릎을 꽉 묶으면 돼. 지금 안 타면 다시 타기 힘들걸? 평일에도 이 정도인데, 주말에 오면 두 시간도 넘게 기다려야 할 거라고.”

“김휘곤…….”

서윤은 고맙다는 말을 하고 싶었지만, 왠지 말이 나오지 않았다. 휘곤은 바람막이에서 휴대전화를 꺼냈다.

“아 참, 이거 볼래?”

휘곤이 보여 준 영상은 제말호의 유튜브였다. 영상이 시작되자, “조선 시대 다이어터? 영조의 밥상”이라는 자막이 떴다. 서윤의 눈이 동그래졌다.

“어? 이거…….”

휘곤이 고개를 끄덕였다.

“호랑 선생님이 내가 찍은 거 보더니 유튜버가 되어도 잘되겠다고 하셨어. 수행 제출 전에 봤으면 고쳤을 텐데……. 선생님이 편집한 게 훨씬 재미있어. 뭐, 나도 가르쳐 준다고 했으니까…….”

서윤은 얼굴을 찌푸렸다. 찍었을 때 생각하지 못했을 만큼 영상도 재미있고 자막도 웃음이 나왔지만 서윤의 눈에는 흰 앞치마와 머릿수건 때문에 동그랗고 뚱뚱해 보이는 자신의 모습만 보였다.

“이게 대체 왜 올라간 거야? 조회 수가…… 조회 수가 2천이 넘었잖아!”

서윤의 말에 휘곤이 히죽 웃었다.

“잘됐지? 호랑 선생님이 자기 다이어트 콘텐츠 아이디어 없었는데, 올려도 되느냐고 물어보잖아. 우리 채널도 홍보해 준다고 해서 좋다고 했지. 영조가 날씬했다면서?"

서윤은 영조가 날씬했는지 어쨌는지 관심이 없었다. 중요한 건 자신이 뚱뚱해 보인다는 것이었다.

"야, 너는 허락도 안 받고!"

"하지만 어차피 선생님이 모둠 숙제 내 줄 때, 1등 하면 학교 홈페이지에 올린다고 했잖아."

서윤은 할 말이 없었다.

"호랑 선생님이 너 정말 최고라고 칭찬 많이 했어. 너처럼 아이템 확실하고 아이디어도 좋은 애는 별로 없다고 그러셨단 말이야."

"그래?"

"응. 선생님은 아무나 칭찬을 안 해. 어? 우리 차례다. 민서윤, 나 무서워……."

휘곤은 이렇게 말하면서도 가방을 바닥에 놓고 쇼킹불릿에 올라탔다. 쇼킹불릿이 움직인 순간부터 서윤은 후회했다. 휘곤은 믿을 수 없을 정도로 비명을 질러 댔다.

"숨 쉬어, 개피곤! 괜찮아? 괜찮아?"

서윤이 소리를 질렀지만 비명 소리와 바람 소리에 묻혀 휘곤의 귀에까지는 도착하지 않는 모양이었다. 휘곤이 기절했을지도 모른다는 불안한 마음으로 서윤은 휘곤의 안전 바를 흘깃거리며 쇼킹불릿이 멈추기만을 바랐다.

"개피곤, 괜찮아?"

겨우 고개를 치켜든 휘곤은 안전 바가 올라가자마자 손으로 입을 막고 뛰기 시작했다. 서윤도 휘곤의 뒤를 따랐다.

휘곤은 창백한 안색으로 화장실 앞에 주저앉아 있었다. 앞머리에서는 물방울이 뚝뚝 떨어지고 있었다.

"머리는 왜 젖었냐? 설마, 토했어?"

휘곤은 고개를 끄덕이며 생수를 한 모금 마셨다.

"죽는 줄……."

"개피곤, 실화냐? 내가 쇼킹불릿을 얼마나 기다렸는데, 괜히 너랑 같이 타 가지고……."

서윤은 미안함 때문에 일부러 더 툴툴거렸다. 휘곤은 게슴츠레한 눈빛으로 서윤을 보더니 주머니에 손을 넣었다.

"망쳐서 미안. 대신에 다음에 접시 사러 가자. 그때 말한 유기 접시 말이야. 내가 돈을……."

갑자기 휘곤의 표정이 굳어졌다. 그러고는 보조 배터리를 연결한 휴대전화처럼 갑자기 또렷해진 눈동자로 서윤을 보았다.

"지갑!"

"지갑?"

"응. 없어! 유기 접시 사려고 모은 돈 지갑이 없어졌어."

"뭐? 얼마나 들어 있었는데?"

"20만 원……."

"그걸 잃어버렸다고? 쇼킹불릿 탈 때는 있었어?"

"응…… 아마, 그럴걸?"

"아마라니, 그렇게 큰돈을 갖고 있었으면 확인을 했어야지.

어쩌자고 그걸 가지고 쇼킹블릿을……."

서윤은 한숨을 쉬며 쇼킹블릿 쪽을 건너다보았다.

"아, 어떻게 해? 할머니가 준 돈인데, 나중에 할머니 먹방 찍어서 유튜브에 올리려고 했는데……."

휘곤은 울먹거리고 있었다.

"도대체 그런 돈을 소풍날 가져오는 애가 어디 있냐? 가져왔으면 가방에 잘 넣어 두든지……."

"난 그냥 너한테 보여 주려고…… 나중에 접시도 사고 탕평채 같이 만들자고 하려고 했는데……. 할머니랑 병원에서 먹방 찍자고 약속했거든."

휘곤의 눈에서 글썽글썽 반짝이는 것을 보자 서윤은 덜컥 겁이 났다. 우는 남자아이 옆에 있기는 싫었다.

"일어나. 같이 찾으면 찾을 수 있겠지."

서윤의 말에 휘곤은 얼굴이 환해지더니 크게 고개를 끄덕였다.

"빨간색이랑 초록색이랑 노란색 천으로 만든 지갑이야. 할머니 거."

"뭐? 할머니 지갑을 빼앗았다는 말이야?"

"아냐! 할머니가 주셨어."

휘곤이 발끈했다.

"주셨어도 그렇지. 넌 고딩이나 되는 애가 할머니 지갑을 강탈하냐?"

"아니라니까! 할머니가 입원하면서 갖고 있으라고 했어. 그 안에 있는 돈은 나한테 쓰라고 했단 말이야. 할머니가 병원 밥

싫어하니까, 네가 도와준다면 같이 탕평채를 만들려고. 할머니
가 주신 돈으로 접시 사서 담아 드리려고 했다고. 유기 접시는
몸에 좋다면서? 그리고 궁에도 가고 말이야. 접시는 나중에 너
랑 유튜브 할 때 또 쓸 수도…….”

“아, 그놈의 유튜브! 일단 저쪽으로 가서 지갑이나 찾아.”

서윤은 횡설수설하는 휘곤을 따돌리고 쇼킹불릿 쪽으로 달
려갔다. 그제야 휘곤도 주위를 휘휘 둘러보기 시작했다.

지갑은 쇼킹불릿이 아닌 편의점 앞에 놓여 있었다. 촌스러운
지갑이라 눈에 확 띄었다. 서윤은 휘곤에게 달려가 지갑을 내
밀었다.

“와, 찾았어?”

서윤은 말할 기운도 없다는 듯 휘곤 앞에 지갑을 던졌다. 원
피스는 등에 달라붙었고, 목이 말라 말할 기운도 없었다. 휘곤
이 서윤을 보더니 생수병을 건넸지만, 서윤은 쳐다보지도 않았
다. 토한 입을 대고 마셨던 생수병을 건네다니 어이없었다. 휘
곤은 뒤늦게 생각났다는 듯 도시락 가방에서 보온병을 꺼냈다.
그러고는 제 것처럼 보온병 뚜껑에 주스를 따라 주었다.

“민서윤, 오늘은 딸기 주스야?”

“아니, 당근.”

“당근인데 왜 빨개?”

서윤은 대답 대신 보온병 뚜껑을 닫았다. 비트와 섞었다고
말하면 비트가 뭐냐고 또 물어볼 것이 뻔했다.

“지갑 찾아 줘서 고마워. 나 때문에 쇼킹불릿도 재미없게 타

고……. 내가 쇼킹불릿 줄 서 주면 한 번 더 탈래?"

"너 줄 서 있는 동안 난 뭐 하고?"

"너? 음…… 뭐든 다른 거 재미있는 거 하면 되지."

서윤은 자신도 모르게 웃음이 나왔다. 타 죽을지도 모를 햇살 아래에서 쇼킹불릿 줄을 서 주겠다는 휘곤이 대책 없이 착해 보였다.

"됐어. 오늘 너무 더워서 타고 싶지 않아. 너야말로 속은 괜찮냐?"

서윤의 말에 휘곤은 고개를 끄덕였다.

"괜찮아, 도시락 먹으러 가자."

"너, 먹을 수 있어?"

"물론이지. 네 도시락인데. 네 레시피는 특별하잖아."

갑자기 심장이 쿵 뛰는 느낌이었다. 특별하다는 말을 처음 듣기라도 한 것처럼. 휘곤은 주위를 보더니 공원 입구 쪽을 가리켰다.

"여긴 더우니까, 좋은 데로 가서 먹자. 조금만 가면 우리 아파트 근처인데 뒤쪽 상지천 내려가는 길에 공원이 있어. 거긴 큰 나무가 많아서 시원해. 할머니도 우리 집에 오면 아침마다 나랑 거기서 산책하는데, 식탁 딸린 벤치도 있어서 영상 찍으면 예쁠걸? 보나마나 도시락 예쁠 텐데, 나무 밑에서 찍으면 훨씬 더 잘 나올 거야. 아까 오다 보니까 바람 불 때마다 꽃잎도 날리고, 좋은 냄새도 나더라."

서윤은 왠지 뭉클해져 아무 대답도 할 수 없었다.

휘곤이 말한 대로 벤치는 멋진 나무 그늘 밑에 있었다. 걷느라 얼굴이 발개진 휘곤이 씩 웃으며 벤치의 먼지를 툭툭 쓸었다. 서윤은 나무 식탁 위에 도시락을 펼쳤다. 체리가 좋아하는 파래볶음밥과 서윤이 좋아하는 달걀흰자볶음밥, 그리고 색을 맞추기 위해 만든 당근볶음밥이 몬드리안 그림처럼 펼쳐졌다. 두 번째 칸에는 새우로 만든 크로켓과 베사멜 소스를 묻힌 닭강정이 들어 있었다.

"우와— 민서윤, 넌 정말 천재야. 이건 정말 돈 받고 팔아도 되겠다. 먹어도 돼?"

서윤은 고개를 끄덕이다가 갑자기 코끝이 시큰해지는 것을 느꼈다. 당연히 함께 먹을 줄 알았던 체리는 없고 휘곤이 도시락을 칭찬하고 있는 것이 이상했다.

"내가 멋지게 영상을 찍어 줄게. 이 크로켓은 어떻게 만드는 거야? 어? 민서윤, 너, 울어?"

휘곤의 눈이 동그래졌다. 휘곤의 말에 눈에 동그랗게 맺혀 있던 눈물방울이 톡 떨어졌다.

"고마워, 김휘곤."

"뭐가? 왜 우는데?"

서윤은 어쩌면 체리의 말이, 체리네 목사님의 말이 맞는지도 모른다는 생각이 들었다. 김휘곤은 서윤이 아는 최고로 착한 아이 같았다. 아무리 보아도 아름다워 보이지는 않았지만……

"우리 사귈래, 김휘곤?"

"응?"

크로켓이 목에 걸렸는지 휘곤이 갑자기 재채기를 하기 시작했다. 재채기를 하는 중에도 휘곤은 고개를 들 때마다 동그란 눈으로 서윤을 보고 있었다. 서윤은 정직하게 말하기로 했다. 착한 아이를 속이는 것이 싫었다.

"솔직히 나는 윤범이처럼 키도 크고 잘생긴 애가 좋지만, 외모보다는 마음이 더 중요하다잖아. 그래서 널 사귀어 볼까 해."

서윤이 진지하게 말하는데, 휘곤의 재채기는 멈추지 않았다. 사레가 심하게 걸린 모양이었다. 뭉클했던 기분이 사라졌다. 하지만 사레 걸린 것을 탓할 수는 없었다. 서윤은 자신이 확실히 착하지 않다는 생각이 들었다. 코가 빨개지도록 재채기를 하는 휘곤의 모습을 보면서도 걱정보다는 짜증이 났기 때문이다. 자신이 진지하게 말하는데 제대로 대답도 못하는 김휘곤은 사레만 아니었다면 사형감이라고 생각했다.

11.
밤의 궁궐에서

한밤이 되어서야 휘곤에게서 문자가 왔다. '드디어!'라는 생각이 들면서도 서윤은 자존심 상했다. 첫 데이트는 남자가 리드하는 것이 좋다기에 문자를 보내려다 참았다. 하지만 학원 버스에서 내리는 자신에게 손을 흔드는 휘곤을 보자 더 이상 참을 수 없었다. 하지만 휘곤은 한 시간이나 지나서야 답 문자를 보냈다.

그러면…… 내일 밤에 나랑 궁궐에 갈래?

"오, 궁궐…… 생각도 못 한 곳이네. 김휘곤 의외인데? 그런데 이 '그러면'은 뭐야? 마음에 안 들어."

이렇게 말하면서도 서윤은 입가를 살짝 올린 채 궁궐에 갈 때는 무슨 옷을 입는 게 좋을지 체리에게 문자로 물어보았다. 휘곤과 사귀기로 한 건 비밀이라 친척 언니 핑계를 댔다. 바로 체리의 전화가 왔다.

"경복궁에 갈 때는 한복이지! 한복 입으면 입장료 공짜야. 엄마랑 나랑 찍은 스냅 사진, 작년 추석 때 경복궁에서 찍은 거잖아. 사진 찍는 아저씨가 한낮 말고 3시부터 찍으면 인생 사진 건질 수 있다고 하셨어. 너도 그때 가. 나한테 대여점 할인 쿠폰 있으니까, 보내 줄게."

노란 은행잎 아래 화려한 한복 차림의 체리와 아주머니 사진이 떠올랐다. 한복도 입고, 인생 사진도 건지는 첫 데이트는 꽤 괜찮아 보였다. 서윤은 3시로 약속을 잡으려 했지만, 휘곤은 할 일이 있다며 6시에 만나자고 했다. 마음에 안 들었지만, '데이트니까'라고 생각했다.

토요일 5시 50분, 황금빛 햇살 덕분에 세종대왕상이 더 번쩍번쩍 빛나고 있었다. 아무리 생각해도 햇살이 아까웠다. 서윤은 6시에 딱 맞춰 나타난 휘곤을 보며 휴대전화에서 쿠폰을 찾았다.

"왜 이제 오니? 얼른 가자."

"아직 안 늦었는데……. 잠깐만, 나 운동화 끈 좀 묶고."

느릿느릿 운동화를 매는 휘곤 곁 배낭 속에 카메라가 보였다. 휘곤의 솜씨라면 인생 사진을 건질 수 있을 것 같다는 생각에 기분이 좋았다.

"카메라 때문에 무거웠겠다."

"응. 할머니한테 다 보여 주려고. 자, 저녁 먹으러 가자."

"저녁? 하지만 시간이 없는데……."

서윤은 아까보다 더 짙어진 황금빛 하늘을 올려다보았다.

"시간 많아. 우리 누나가 이 근처 회사에 다니는데, 맛있는 파스타집 알려 줬어."

서윤은 휘곤의 배낭을 붙잡았다.

"한복은?"

"한복?"

휘곤은 무슨 의미인지 전혀 알 수 없다는 표정이었다.

"한복을 입으면 입장료 공짜라던데? 사진도 잘 나오고."

차마 첫 데이트 기념사진을 찍겠다는 말은 할 수 없었다. 휘곤은 고개를 절레절레 저었다.

"아, 그거? 우리 누나가 친구랑 해 봤댔어. 그런데 궁궐 입장료보다 한복 빌려 입는 게 몇 배는 비싸대. 차라리 그 돈으로 맛있는 거 먹는 게 더 낫지. 가자, 내가 살게."

서윤은 체리의 한복 사진이 눈에 아물거렸지만 세상 환하게 웃는 휘곤에게 화를 낼 수는 없었다. 파스타집 앞에는 일곱 명 정도가 줄을 서 있었다. 휘곤은 대기 의자를 노려보다가 하나가 비자 잽싸게 엉덩이를 들이밀고는 서윤에게 손짓을 했다.

"서윤아, 자리 잡았어. 여기 앉아."

서윤은 창피한 마음에 휘곤을 외면했다. 하지만 휘곤은 서윤이 못 본 줄 아는지 요란하게 손짓을 했다.

"싫다고!"

휘곤은 고개를 갸웃하더니 아쉬운 듯 의자를 돌아보며 서윤 곁으로 왔다.

"서 있으면 다리 아프잖아. 저것 봐, 저 아줌마가 앉았네. 아까워."

"내가 할머니냐? 다리 하나도 안 아파."

"아, 맞다. 넌 다리가 튼튼하지."

순간 서윤은 귀를 의심했다. 어떻게 그런 말을 할 수 있는지 따지고 싶었지만, 휘곤의 해맑은 미소를 보니 말문이 막혔다.

"우리 할머니였다면 길에 주저앉았을 거야. 그런데 너도 파스타 잘 만들 것 같아."

"파스타는 쉬워."

서윤은 한숨을 쉬며 대충 대답했다. 그때 종업원이 휘곤의 이름을 불렀다. 작은 가게 안은 사람들로 발 디딜 틈도 없었다. 앉자마자 미리 주문했던 카르보나라와 로제 파스타가 나왔다. 접시에서 풍겨 오는 좋은 냄새에 서윤과 휘곤은 누구랄 것도 없이 동시에 포크를 들었다. 하지만 서윤은 포크를 입에 넣기 직전에 손을 멈췄다.

'아차차, 너무 많아. 이러다 입에 묻겠어.'

서윤은 잔뜩 말린 면을 접시에 풀어 버렸다. 그리고 다시 면을 마는데 조금씩 마는 것이 오히려 어려웠다. 서윤이 겨우 면 몇 가닥을 포크에 말아 입에 넣는 동안 휘곤은 벌써 접시의 반이나 비웠다.

"우와, 정말 맛있지 않냐? 우리 누나 말이 맞기는 처음인 듯."

휘곤의 입가에 살구색 크림이 묻어 있었다. 서윤은 자신도 모르게 얼굴을 찡그렸다. 얼굴에 크림을 더럽게 묻힌 남자 친구라니, 상상도 해 보지 않은 데이트 상대였다.

"민서윤, 넌 별로야? 왜 안 먹고 있어?"

휘곤의 말에 옆자리 아줌마들이 서윤을 보며 웃었다. 서윤은 얼굴이 발개지는 것 같았다. 서윤은 휘곤에게 조용히 하라는 표시를 하며 포크를 내려놓았다.

"나, 배불러. 나가자."

서윤은 빨리 밖으로 나가고 싶었다. 다행히 휘곤도 접시를 내려놓고 서윤의 뒤를 따랐다.

"잘 먹었어. 커피랑 경복궁 입장표는 내가 살게."

서윤은 지갑을 꺼냈다.

"커피? 지금은 배부른데…… 그리고 표는 내가 예매했어."

"예매를 했다고? 그럼 너는 벌써 준비했던 거야?"

서윤은 문자를 안 보낸다고 화냈던 것이 미안해졌다.

"응. 할머니가 서울에 온다고 해서 바로 예매해 버렸지. 야간 개장 주말표는 한 달 전에도 구하기 힘들거든. 그런데 할머니가 입원하는 바람에……"

"할머니?"

"응. 우리 할머니는 궁궐에 딱 한 번밖에 못 가 봤대. 나도 밤에 가는 건 처음이라 기대했었는데, 할머니가 입원해서 까먹고 있었지 뭐야. 오늘 병원에 들러서 사진으로 보여 주겠다고 약속했어. 할머니가 여자 친구랑 간다니까 용돈도 줬어."

데이트 준비가 아니라는 사실에 서윤은 서운했지만, 여자 친구라는 말에 자기도 모르게 걸음을 멈추었다.

"우와, 경복궁, 저녁에 온 건 처음인데 멋있다, 그지?"

휘곤은 근정전 위의 푸르스름한 하늘을 손으로 가리키며 환하게 웃었다. 그러고는 카메라를 만지작거렸다. 서윤은 카메라 앞에 섰다. 하늘과 광화문이 동시에 나온다면 프로필 사진으로 예쁠 것 같았다. 그때 휘곤이 비키라는 손짓을 했다.

"서윤아, 사진 찍게 잠깐만 비켜 줄래? 경복궁이랑 돌담이랑 하늘이랑 완전 멋져."

순간 서윤의 얼굴이 확 달아올랐다.

서윤은 휘곤이 카메라만 보고 있어서 다행이라고 생각했다. 그렇지 않았다면 자신의 붉은 얼굴을 들켰을 테니…….

"아, 저기서도 많이 찍네?"

휘곤은 흥례문 안쪽 회랑으로 달려갔다. 그때 한복을 입은 한 쌍이 휘곤에게 다가와 사진을 찍어 달라고 부탁했다. 회랑 기둥이 원근법 그림처럼 이어져 멋진 사진이 될 것 같았다. 휘곤이 사진을 찍고 휴대전화를 돌려주자 커플이 휘곤과 서윤에게 물었다.

"사진 찍어 드릴까요?"

"아니요." "네."

휘곤과 서윤이 동시에 대답했다. 커플은 어색한 미소를 지으며 둘을 번갈아 보았다. 휘곤이 손사래를 치며 말했다.

"괜찮아요. 쟤는 사진 찍는 거 싫어하거든요. 그렇지, 민서윤?"

"아, 네……."

서윤이 붉어진 얼굴로 할 말을 찾는데 다행히 커플이 자리를 피해 주었다.

"아싸, 사람 없다."

휘곤은 커플이 사라지자마자 빠른 손놀림으로 카메라 셔터를 눌러 댔다.

"좋아, 겟! 민서윤, 나도 여기에서 한 장 찍어 줘라."

휘곤이 서윤을 돌아보았다.

"싫어. 나도 셀카 찍어야 한단 말이야."

서윤은 셀카를 찍는 척하고는 사람들이 많이 걸어가는 쪽으로 뛰기 시작했다. 커플이 한 말이 머리를 맴돌았다.

"거봐, 커플 아니라니까. 저런 애들끼리 사귀는 거 봤어?"

특히 '저런 애들'이라는 말이 걸렸다. 저런 애들이란 어떤 애들인지 알 수 없었다. 눈앞에는 남녀 짝들이 많이 보였다. 한복을 맞춰 입은 짝도, 평상복을 입은 짝도, 자신들처럼 학생으로 보이는 짝도 서윤의 눈에는 커플처럼 보였다. 서윤은 어째서 자신과 휘곤이 커플처럼 보이지 않는지 알 수 없었다.

"이쪽으로 가면 경회루야."

어느새 서윤 옆으로 온 휘곤이 말했다. 서윤은 휘곤이 아닌 앞만 볼 뿐이었다. 그때 손등에 뭔가 따뜻하고 물컹한 느낌이 났다. 내려다보니 휘곤이었다. 휘곤은 놀란 듯 멈추더니 더듬거리며 말했다.

"저…… 저기, 손, 잡아 봐도 돼?"

순간 서윤은 어이가 없다고 생각했다. 실컷 사진을 찍다가 갑자기 남자 친구인 척하다니……. 서윤도 손잡는 상상을 한 적이 있었지만, 지금은 휘곤이 한 질문이 세상에서 가장 어이없는 것 같았다.

"김휘곤, 너는 어떻게 그런 걸 물어보니?"

휘곤은 서윤의 말투와 표정에 놀란 듯 고개를 숙이며 "미안해."라고 말했다. 휘곤이 사과하자 서윤은 기분이 더 나빠졌다.

깜짝 놀랄 만큼 많은 사람들이 경회루를 둘러싸고 있었다. 서윤은 사진 찍을 만한 빈자리가 없다는 생각에 휘곤을 한 번 보았다. 아니나 다를까, 휘곤은 시무룩한 표정으로 고개를 숙인 채였다. 둘은 아무 말 없이 연못가를 돌았다. 하지만 경회루도 연못도 눈에 들어오지 않았다. 지루하고 답답해진 서윤은 그늘 밑 벤치를 발견하고는 휘곤에게 말했다.

"여기 잠깐 앉자. ……경회루 찍고 싶겠다."

휘곤은 카메라를 만지작거리며 고개를 끄덕였다. 서윤은 휘곤이 안됐다는 생각이 들었다.

"조금 있으면 사람들도 좀 가지 않을까? 여기 있다 보면 빈자리가 나올 거야."

서윤의 말에 휘곤의 표정이 밝아지며 힘차게 고개를 끄덕였다.

"너는 할머니가 왜 그렇게 좋아?"

"할머니는 내가 하는 건 뭐든 다 좋다고 하거든. 솔직히 엄마랑 아빠보다 더, 세상에서 할머니가 제일 좋은데, 할머니는 그러면 안 된대."

"왜?"

"엄마랑 아빠를 두 번째로 좋아해야 한대. 자기는 세 번째면 된다나."

"세 번째? 그럼 첫 번째는 누구?"

"마누라, 아니, 아니…… 여자 친구……."

서윤은 마누라라는 말에 웃음을 터뜨리고 말았다.

"우리 할머니 착하지? 자기는 내가 세상에서 첫 번째라고 해 놓고는……. 그런데 넌 언제부터 그렇게 요리를 좋아했어?"

서윤은 자신이 언제부터 요리를 좋아했는지 생각해 본 적이 없다는 것을 깨달았다. 하지만 천천히 기억을 되살렸다.

"유치원 소풍 때 식중독에 걸린 적이 있었어. 다 걸린 건 아니고, 유치원 앞 김밥집에서 김밥을 사 온 애들만……. 그날 병원에 제일 늦게 온 사람이 우리 엄마였어. 엄마가 화가 났길래 내가 아파서 그런가 했는데, 차에서 아빠랑 막 싸우더라고. 들어 보니까, 그날 방송국에서 호텔을 취재하러 와서 엄청 바빴는데, 아빠가 시간이 없다고 했던 거야. 엄마가 나를 주방 같은 데로 데려갔던 것 같아. 요리사들이 많이 있고, 커다란 카메라랑 조명도 있어서 신기했어. 구석에 누워서 엄마가 일하는 걸 보고 있는데, 카메라를 든 사람들이 나가고 나니까 엄마가 우는 거야. 요리사 아저씨가 위로를 해 주는데도……. 그때 요리사 아저씨가 엄마한테 볶음밥 만드는 법을 가르쳐 줬어."

"볶음밥을?"

"응. 아마 제일 쉬운 요리법을 가르쳐 준 것 같아. 확실해. 그

뒤로 아주 지겹게 볶음밥을 먹었으니까. 냉장고에 있는 채소 종류를 다 넣은 볶음밥, 김치볶음밥, 달걀볶음밥…… 순대볶음밥까지 먹어 봤다니까? 아무튼 그날 불이 막 올라오는데 커다란 뒤집개로 볶음밥을 하던 그 아저씨가 정말 멋있었어. 나도 해 보고 싶을 정도로."

서윤의 말에 휘곤이 빙긋 웃으며 말했다.

"너도 요리할 때 멋있어."

"앗! 저 아저씨 가려고 하나 봐."

서윤은 연못가 모서리 쪽을 가리켰다. 휘곤은 재빨리 가방을 들고 그쪽으로 달려갔다. 서윤은 자신도 모르게 미소를 지으며 휘곤의 뒷모습을 보았다. 그러고는 고개를 돌려 하늘을 올려다보았다. 어느새 까매진 하늘이 시원하게 펼쳐져 있었다. 삐죽거리는 건물 라인 하나 없이 시야 가득 밤하늘이 채워지는 게 신기했다. 때마침 선선한 바람이 뒤로 젖혀진 머리칼을 헹구며 지나갔다. 하늘을 보는 것이 지루해졌을 때 고개를 세우니, 조명을 받아 화려해진 경회루가 눈에 들어왔다. 경회루는 데칼코마니가 되어 연못 위와 아래에 하나씩 세워져 있었다. 서윤은 속삭이는 듯한 궁궐의 어둠 속에서 빛나는 경회루에 시선을 빼앗기고 말았다. 얼마쯤 지났을까? 갑자기 손등에 서늘한 기운이 느껴졌다. 휘곤이 콜라를 내밀고 있었다. 서윤은 아차, 하는 마음이 들었다. 데이트를 할 때는 돈을 반씩 나눠서 써야 하는데, 이렇게 되면 전부 휘곤이 사는 것이 된다.

"다 끝났니? 우리 이제 영화 보러 갈까? 이 근처에 분위기 좋은……."

서윤은 영화를 보여 주면 돈도 나눠 쓴 게 되고, 지루하게 사진만 찍지도 않아서 좋겠다고 생각했다. 하지만 휘곤은 고개를 저었다.

"영화? 오늘은 못 볼 것 같은데? 오늘 저쪽 수정전에서 공짜 공연이 있거든. 찍어서 할머니 보여 주려고."

서윤은 서운한 기분이 들었다. 궁궐에 이렇게 오래 있을 줄 모르고, 분위기가 좋다는 작은 영화관 가는 길을 알아보았던 것이다. 서윤은 휘곤이 공연을 자신과 보고 싶었다고 말했다면 어땠을까 생각해 보았다. 하지만 할머니라는 말에 서운해한 자신이 나쁜 아이 같기도 했다.

"가자!"

휘곤이 씩 웃으며 배낭을 멨다. 삼각대를 들어 주기 위해 허리를 굽히던 서윤의 손 위에 휘곤의 손이 겹쳐졌다. 휘곤은 깜짝 놀란 표정으로 멈칫하며 미안하다고 말했다. 서윤은 손을 잡자는 말에 화를 냈던 것이 떠올랐다. 왠지 다시 어색해진 기분이었다. 서윤은 어떻게 해야 어색한 분위기를 없앨까 생각해 보았다. 그러고 보니, 첫 데이트에 손을 안 잡는 것도 이상한 일 같았다. 서윤은 수정전에서 멀리 떨어진 캄캄한 곳의 작은 건물 하나를 보았다. 화장실이었다. 좋은 핑계가 생각났다. 어두운 곳에서 자신이 먼저 손을 잡으면 휘곤도 더 이상 미안해하지 않을 것 같았다.

"나 화장실 가고 싶어."

서윤의 말에 휘곤은 안내 지도를 펼쳤다. 그러고는 서윤이 보았던 곳을 손으로 가리켰다.

"어, 저기 있다. 좀 머네. 다녀와."

"……넌?"

"아, 난 괜찮아. 기다리는 동안 돌담길 찍고 여기에 있을게. 어두워져서 노출을 얼마나 줘야 할지 찍어 봐야 할 것 같아."

휘곤은 어느새 반대편 돌담길로 가서 삼각대를 펼치기 시작했다. 서윤은 화도 나고 창피하기도 했다. 새카만 어둠 속 희미한 불빛을 보니 갑자기 등골이 오싹했지만, 같이 가자고 할 수는 없었다. 으스스한 화장실 건물을 향해 걸을수록 서윤은 화가 났다. 새삼 여자 친구가 1등이어야 한다고 한 사람이 휘곤이 아니라 휘곤의 할머니라는 것도 깨달았다. 서윤은 애초에 사귀자고 한 자신을 탓하며 어둠 속을 걸었다.

얼마쯤 걸었을까, 어디선가 나지막한 대금 소리가 들려왔다. 서윤은 놀라서 뒤쪽을 돌아보고 가슴을 쓸어내렸다. 수정전 월대에서 공연을 준비하는 모양이었다. 화려한 옷을 입은 연주자들을 보고 사람들이 몰려들고 있었다. 리허설 중인지, 번갈아 켜지는 붉고 푸른 조명 속으로 모여드는 사람들이 어딘가 현실감이 없었다. 예전에 본 괴담 만화가 떠올랐다. 그 만화에서 귀신들이 음악 소리에 하나둘 모이는 장면이 있었다. 사람들의 실루엣이 희미해 보이면서 어둠 속에서 뭔가 움직이는 것 같은 기분이었다. 서윤은 화장실 대신 환한 월대 쪽으로 가고 싶었지만, 이대로라면 공연 도중에 다시 화장실에 갈 것이 뻔했다.

서윤은 체리를 생각했다. 체리라면 분명 화장실도 같이 가 주었을 것이다.

서윤은 숨을 크게 들이마시고 한 걸음 한 걸음 화장실 쪽으로 걸었다. 대금 소리에 이어 거문고 소리가 뒤섞이자, 더 으스스해졌다. 기분 탓인지 뒤에서 발소리도 들려오는 것 같았다. 서윤은 눈을 꼭 감고 빠르게 걷기 시작했다.

'괜찮아, 괜찮아, 귀신 같은 건 없어. 귀신 같은 건……'

순간, 뭔가가 서윤의 가방을 잡아끌었다. "악!" 서윤은 비명을 지르며 그 자리에 주저앉았다.

"우왓, 깜짝이야!"

익숙한 목소리에 서윤은 겨우 눈을 떴다.

"너무 어두워서 와 본 건데, 민서윤, 너 왜 울……."

서윤은 일그러진 자신의 얼굴을 비추고 있는 휘곤의 휴대전화를 밀치고 벌떡 일어나 달리기 시작했다.

"민서윤, 어디 가? 같이 가!"

뒤에서 휘곤의 목소리가 들렸지만, 서윤은 아무것도 들키고 싶지 않았다. 뛰어가고 있는 길도 어둠 속이었지만, 더 이상 귀신 같은 것은 생각나지 않았다. 그저 모든 것이 망했다는 생각뿐이었다. 서윤은 빨리 집으로 가고 싶었다. 당장 침대로 들어갈 수만 있다면 휘곤에게 들켜 버린 얼굴 같은 것은 다 잊어버릴 수 있을 것 같았다.

12.

15일째 결심

카톡 소리에 잠을 깼다. 6시 55분, 알람은 7시. 서윤은 피 같은 5분을 망친 사람이 휘곤이라는 것을 확인했다.

'안 되겠어, 오늘은 해내고 말 거야.'

서윤은 다시 한번 결심했다. 휘곤과 헤어지기로. 사귄 지, 아니 사귀자고 한 지 15일째. 눈곱을 떼며 그동안 좋았던 일들을 생각해 보았다. 알람이 울렸다. 5분 동안 생각했는데도 좋았던 일이 떠오르지 않았다.

민서윤, 미안. 따라갔는데 찾지 못했어. 화장실, 많이 무서웠지? 가 보니까 시골처럼 캄캄해서 나도 놀랐지 뭐야. 괜찮은 거지?

그날 이후, 무시하는데도 휘곤은 계속 문자를 보내고 있었다. 처음에는 창피해서 답을 안 했는데, 점차 문자를 받는 것이 지겨워졌다. 문자만이 아니라 휘곤이 하는 모든 것이 마음에 들지 않았다. 학원에서 음료수를 뽑아 줘도, 인기 있는 영화표를 예매해도 목구멍이 막힌 것처럼 답답했다.

'그렇지만 개피곤 잘못은 아니잖아.'

서윤은 자신을 꾸짖었다.

'하지만 할 말도 없는데, 어쩌라고?'

서윤은 문자를 보내 주는 아이가 윤범이었다면 어땠을까 생각했다. 그러자 당장 답 문자를 보내고 싶은 마음이 들었다. 서윤은 윤범과 휘곤이 무엇이 다른지 생각해 보았다.

'윤범이는 재미있을 것 같아. ……민서윤, 솔직히 걔하고 말도 안 해 봤잖아. 그렇지만 적어도 첫 데이트 때 할머니 얘기만 하지는 않을 거야……. 대신 아이돌 몸매 얘기만 할지도 모르지……. 그래도 어두운 데 혼자 가게 해 놓고 사진을 찍지는 않을 거 아냐? 하지만 임윤범이 같이 가 줄 거라고 생각하는 것도 좀……. 아, 민서윤, 솔직하자. 개피곤이랑 임윤범이랑 다른 게 뭔데? 키, 얼굴, 다리 길이…… 민서윤. 너도 할 수 없네. 체리나 체리네 목사님보다 오히려 더 나쁠지도…….'

서윤은 매일 반성을 하고 있었다. 그래서 영화를 보러 가자고 할 때도 거절할 수가 없었다. 영화를 생각하자 서윤은 한숨이 나왔다. 솔직히 영화까지 보고 싶지는 않았다. 경복궁에서 돌아온 다음부터, 휘곤과 함께 걸어가면 지나가는 사람들이 전부 쳐다보는 것만 같았다.

처음에는 까닭을 알 수 없었지만, 영화관에 다녀온 후 그 이유를 정확히 알게 되었다. 영화가 시작하기도 전에 말이다. 서윤과 휘곤은 나란히 앉아 팝콘과 콜라를 먹었다. 옆자리 덩치 큰 남자가 눈치를 주고 팔을 밀 때도 서윤은 아무것도 느끼지 못했다.

"조금만 옆으로 가 줄래?"

남자는 다짜고짜 반말이었다. 고등학생 티가 났다는 것도 그랬지만, 무엇보다 옆으로 가라는 데 기분이 나빴다.

"제 자리인데요?"

서윤은 표를 확인하며 이렇게 말했다. 남자는 상체를 앞으로 숙이더니 서윤과 휘곤을 번갈아 보았다.

"옆에 남자 친구? 너희 사정도 알겠는데, 이 팔걸이, 반은 내 건데?"

"자기야, 나랑 자리 바꿀까?"

서윤이 남자를 빤히 쳐다보자 남자 옆자리 젓가락 같은 여자가 이렇게 말했다. 마침, 광고가 끝나고 영화가 시작했다. 서윤은 왼팔을 몸 쪽으로 가져왔지만, 답답하고 좁았다. 오른쪽 팔걸이의 반은 휘곤의 팔이 차지하고 있었다. 옆자리 재수 없는 남자도, 휘곤도 불편했다. 이렇게 남자아이랑 가깝게 앉아 있는 건 유치원 때를 빼고는 처음이었다. 서윤은 등받이에서 몸을 떼고 앉아 팝콘을 하나씩 주워 먹었다. 그런데 시간이 지날수록 옆자리 남자가 점점 더 서윤의 팔을 밀었다. 서윤은 참다 못해 말했다.

"저기, 아저씨, 밀지 마세요."

"아니, 학생. 학생이 밀고 있잖아."

"제가 언제요? 전 팔걸이도 쓰지 않았단 말이에요."

"이거 봐, 학생이 자꾸 내 팔을 밀잖아."

"제가 일부러 그랬어요? 자리가 붙어 있으니까 그렇죠. 하지만 아저씨는 일부러……."

"내가? 아까도 말했지만 이 팔걸이의 반은……."

서윤은 기가 막혔다. 휘곤이 이상한 낌새를 챈 듯 서윤 쪽으로 몸을 돌렸다. 서윤은 아무것도 아니라고 하고는 남자의 반대편 팔을 손가락으로 가리켰다.

"아저씨는 저 언니 팔걸이도 다 차지했잖아요. 그러면서 내 자리까지 침해를 해야겠어요?"

남자가 서윤의 말에 대거리를 하려는 찰나, 옆자리 여자가 남자의 팔을 잡아당겼다. 그러더니 손바닥으로 입을 가리며 속삭였다. 하지만 속삭임이라기엔 소리가 너무 컸다.

"자기, 그만해. 요즘 고딩 무서운 거 몰라? 덩치가 있는데, 쟤네도 어쩔 수 없잖아. 끼리끼리 데이트하는 모양이네."

'뭐? 고딩 무서운 것 좀 볼래? 나 참 기가 막혀서…….'

서윤은 이렇게 소리를 지르고 싶었다. 휘곤이 귓속말로 괜찮으냐고 물어보는데, 옆자리 여자랑 남자가 키득댔다. 서윤은 휘곤을 밀치며 입을 꾹 다물었다. 빨리 집에 가고 싶었다. 뒤편의 커플도 옆자리의 커플도 다 서윤과 휘곤을 보고 있는 것 같았다.

'저 애들 좀 봐. 끼리끼리 사귀네. 뚱뚱이 커플. 눈사람 같아. 어휴, 배도 안 부르나? 저거 제일 큰 사이즈 팝콘이지? 옆자리

사람들 불편할 만하네.'

물론 그런 소리를 직접 들은 것은 아니었다. 하지만 서윤은 사람들의 눈빛에서 그런 소리를 들은 것만 같았다.

"밥 먹으러 가자."

영화가 끝나자마자 휘곤이 큰 소리로 이렇게 말했다. 아직 사람들이 자리에서 일어나기도 전이었는데, 최악이라고 생각했다. 옆자리 커플이 비웃는 것 같아 서윤은 먼저 자리에서 일어났다. 둘이 있을 때 어떤 기분인지 확실히 알았다. 창피함. 서윤은 김휘곤이, 자신이, 아니 둘 다 창피했다. 저녁을 먹자는 휘곤에게 아무렇게나 핑계를 대고는 집으로 갔다. 그리고 밤 12시, 결심을 한 다음 문자를 찍었다.

내일 학교 끝나고 만나. 그때 도시락 먹었던 공원.

좋아.

문자 창을 내리자 서윤은 울적해졌다. 내일 만나면 사과하자고 마음먹었다. 좋아하지도 않으면서 사귀자고 했던 걸.

'잘한 거야. 아직 한 달도 안 됐잖아? 손도 안 잡았고 좋은 추억도 없어. 그러니까 이런 건 사귄 것도 아니야. 첫사랑은 더더욱 아니고. 다음에는 좀 더 신중하면 돼.'

첫사랑은 아직 하지 않았다고 생각하니 기분이 좀 나아졌다.

공원에는 초록이 가득이었다. 6시가 넘었는데도 햇빛은 강렬했고, 짙은 이파리 색에 벤치는 검초록 물이 들어 있었다. 햇빛 쏟아지는 양지는 뜨거웠지만, 그늘로 가면 아직은 초여름이

라는 것을 깨달은 듯 바람이 밀려오기도 했다. 휘곤에게 헤어
지자는 말을 연습하느라 머리가 아팠던 서윤은 시원한 바람 덕
에 기분이 나아졌다.

"서윤아!"

휘곤이 양손에 무거워 보이는 비닐봉지를 들고 있었다.

"이게 다 뭐야?"

"어, 두릅이랑 엄나무순."

서윤은 당장 휘곤이 들고 온 봉지를 열어 보고 싶었다. 두릅
은 뭔지 알지만 엄나무순은 처음 듣는 이름이었다. 서윤은 자
신도 모르는 채소를 김휘곤이 아는 것이 신기했다. 아이들 중
에는 두릅이라는 이름을 듣기는커녕 먹어 본 애들도 별로 없을
것이다. 김휘곤도 두릅 향기를 안다는 건가? 비 온 날 풀밭처럼
상쾌하면서도 햇밤처럼 고소한 냄새가 나는 봄나물. 살짝 데쳐
서 입에 넣으면 사각사각 소리를 내는 새순 생각에 서윤은 벌
써부터 입에 침이 고였다.

"우리 할머니가 부쳐 주셨거든. 이쪽은 두릅, 이쪽은 엄나무
순. 병원에서 산에 나물이 억세어진다고 한숨을 쉬더니 억지로
퇴원하고 내려가서 딴 거야. 원래는 나도 할머니 따라가려고
했는데, 너랑 영화 보기로 해서 안 갔지. 너도 좋아할 것 같아서
싸 왔어."

휘곤은 자랑스러운 표정이었다. 두릅 한 봉지, 엄나무순 한
봉지…….

'나, 아무래도 안 되겠어. 너랑 헤어지…….'

서윤은 어제부터 외웠던 말을 떠올리려 애썼지만, 휘곤이 연봉지에서 싱싱하고 시원한 두릅 향이 코를 통해 뇌를 관통해 버렸다.

"이걸 다 준다고?"

휘곤은 고개를 끄덕였다.

"할머니가 주신 거잖아. 엄마도 아셔?"

"응. 그런데 받자마자 냉장고행. 어차피 버릴걸?"

"이 아까운 걸?"

"그지? 엄청 아까워. 옛날에는 봄마다 매일 할머니랑 나물하러 다녔어. 난 산에서 내려오면 그냥 누워서 뻗는데, 할머니는 다리가 아픈데도 물을 끓여서 나물들을 삶았어. 그래야 향이 안 달아난다면서. 그런데 엄마는 그대로 냉장고에 넣고 잊어버린다니까? 내가 삶는다고 해도 공부나 하라고 그러고……."

"할머니랑 나물을 하러 다녔다고? 언제?"

"아…… 나는 아기 때부터 할머니랑 강원도에서 살았어. 엄마랑 아빠가 바빠서 할머니가 날 키워 줬거든."

"계속?"

"중 1 때 할머니가 무릎 수술하기 전까지. 사실 내가 할머니 밥해 주면 되는데, 아빠는 이 참에 공부 제대로 해야 한다고 하면서 올라오라고 했어."

"그런데 이걸 왜 나한테 줘?"

"너니까! 넌 요리하는 사람이잖아. 적어도 버리진 않을 거 같아서."

'오, 김휘곤, 나를 좀 아는데?'

하마터면 이런 말이 입 밖으로 나올 뻔해서 서윤은 입을 꾹 다물고 겨우 고개를 끄덕였다.

"그런데 오늘은 왜 만나자고 했어?"

휘곤의 물음에 서윤은 그제야 여기 온 이유가 떠올랐다. 서윤은 멍하니 휘곤을 건너다보았다. 자신보다 조금 큰 키, 동그란 얼굴……. 남동생이 있다면 비슷하게 생겼을지도 모른다는 생각이 들었다. 헤어지자는 말은 하루쯤 늦게 해도 괜찮을 것 같았다.

"혹시 다른 나물도 있어?"

"응! 어떻게 알았어? 눈개승마랑, 곰취랑, 돌나물이랑 냉동실에 있어. 잘됐다. 우리 집에 들렀다가 가. 내가 줄게."

서윤은 자신도 모르게 휘곤의 뒤를 따르고 있었다. 휘곤네 집은 5층이었는데, 푸른 잎으로 뒤덮인 가지가 베란다 작은 테이블 옆으로 뻗어 있었다.

"저녁 안 먹었지?"

휘곤은 이렇게 말하고는 테이블에 놓인 스탠드 전원을 켰다.

"햇빛 환한데, 이건 왜 켜?"

"아, 유튜브 찍으려면 조명이 있는 게 좋아서. 아무도 없을 땐 여기서 찍거든. 방은 좁고 치우기도 귀찮아서. 할머니가 꽃게 무침도 보내 주셔서 오늘 먹방 하려고. 너도 먹어 봐."

"아냐, 안 먹을래."

"왜? 우리 할머니 꽃게 무침 정말 맛있어. 오늘이 제일 맛있단 말이야."

'…… 다이어트 해야 하는데…….'

휘곤은 냉장고에서 작은 항아리를 꺼냈다.

"이거 봐."

서윤은 정말 망했다고, 나물 봉지 따윌 보는 게 아니었다고, 두릅 향기가 진동을 했어도 헤어졌어야 했다고 생각했다. 그 마음을 아는지 모르는지 휘곤은 뚜껑을 열었다. 매콤달콤한 냄새와 통통한 게살을 보니 얼마나 맛있을지 바로 알 것 같았다.

"냉동실 열어 봐. 까만 비닐로 되어 있는 게 할머니가 보낸 것들이야. 아무거나 꺼내 가도 돼. 많이 가져가면 갈수록 엄마가 좋아할 거야. 밥은 냉동된 것밖에 없는데 괜찮지?"

정말 이러면 안 된다고 한숨을 쉬면서 서윤은 냉동실을 열었다. 휘곤이 꽃게 무침 접시를 베란다로 가져가 영상을 찍고 있었고, 전자레인지에서 냉동 밥이 천천히 돌고 있었다. 서윤은 빠른 손놀림으로 검은 봉지 몇 개를 가져다 가방에 옮겨 놓았다. 탱탱한 게살이 강한 조명에 녹아 버릴까 봐 조바심이 났다.

13.
선남선녀

"민서윤, 연체리, 들었어?"

김휘곤이 빨개진 얼굴로 학원 강의실 문을 벌컥 열었다. 음악을 듣고 있던 서윤의 귀를 파고들 정도로 커다란 목소리였다. 학원 차에서 내린 아이들 대부분은 근처 편의점이나 김밥집에 있었다. 서윤은 저녁 식사 대신 자리에서 엎드려 있는 것을 선택했다. 체리가 있었으면 서윤도 억지로 끌려갔겠지만, 체리는 윤범과 할 말이 있다며 학원 차에 타지 않았다.

"어? 연체리는 없네? 아무튼 들었어?"

"뭘?"

"담임이 우리 거 학교 대표로 무슨 대회에 내보낼 거래. 수행 평가는 만점이고!"

휘곤의 싱글벙글한 얼굴에 서윤도 설렜지만, 맞장구쳐 주기에는 배가 너무 고팠다.

"편집을 조금 다시 하려고. 선생님은 유튜브에 올라간 것처럼 재미있으면 좋겠대. 그래서 호랑 선생님한테 도와 달라고 했더니, 몇 장면을 더 찍으면 좋을 것 같다고 하더라. 아직 시간 많으니까, 한번 다 같이 미디어 센터에 가면 어떨까? 괜찮지? 시간은 체리랑 같이 잡으면 될 것 같은데……. 어, 연체리다! 체리야, 우리 모둠……."

체리라는 말에 서윤은 몸을 일으켰다. 휘곤이 부산을 떠는데도 체리는 고개를 숙인 채 서윤의 뒷자리로 와 조용히 책을 꺼냈다. 체리가 자리에 앉자 휘곤은 신난 표정으로 다시 이야기를 시작했다.

"연체리, 우리 모둠 숙제 말이야……."

"김휘곤, 이제 네 강의실로 가."

체리의 분위기가 이상하다는 것을 알아채고 서윤이 말했다. 하지만 휘곤은 불만스러운 표정이었다.

"개피곤, 빨리 안 가?"

서윤은 휘곤에게 쏘아붙이고는 체리를 향해 뒤돌았다. 체리가 황급히 책상에 엎드렸다. 그제야 분위기가 이상했는지 휘곤은 나중에 문자를 하라는 표시를 하며 강의실을 나갔다.

"체리, 연체리…… 무슨 일이야?"

서윤이 속삭이는데도 체리는 아무 말도 하지 않았다. 서윤은 책상 위로 흘러내린 체리의 머리카락을 손가락으로 조심스레 쓸어 올렸다.

"왜 그래? 무슨 일 있었던 거지?"

서윤이 거듭 묻는데도 체리는 움직이지 않았다.

"너, 아까 임윤범이랑 저녁 먹는다고 하지 않았어?"

갑자기 체리의 어깨가 움찔하더니, 흑, 하는 소리가 들렸다. 서윤은 귀를 의심했다.

"연체리, 너 울어? 일어나 봐."

서윤은 억지로 체리를 일으키려 했다. 체리는 두 팔 사이에 고집스레 고개를 파묻었다. 서윤은 눈물에 어지럽게 젖은 머리칼을 보고 말았다.

"도대체 무슨 일이야? 임윤범 때문이야?"

서윤이 소리를 지르자, 체리는 고개를 들어 주위를 슬쩍 보았다. 아직 아이들은 돌아오지 않았다. 체리는 붉어진 눈가를 문지르며 말했다.

"너무 화가 나. 오늘 우리 100일이라서 저녁 먹기로 했거든. 그런데 임윤범이 햄버거를 먹겠다는 거야. 너도 알지? 내가 제일 싫어하는 게 햄버거잖아. 네가 해 준 거 말고는 안 먹는 거. 그래서 오늘은 내가 먹고 싶은 거 먹자고 했어. 그런데 임윤범은 싫다는 거야."

"뭘 먹자고 했는데?"

"막창볶음. 걘 그게 뭔지도 모르더라? 그래서 설명을 했더니 토 나온다고 하는 거야. 어떻게 그런 말을 할 수가 있니? 막창볶음만 있는 게 아니라 순댓국도 있으니까 가자고 했더니, 임윤범은 햄버거 아니면 안 되겠대. 그러면서 저번에도 갔는데 왜 안 되느냐고 하는 거야. 그동안 가기 싫은데 억지로 갔던 거거든? 그런데 걔는 아무것도 모르더라?"

"그래서 어떻게 했어?"

"내가 따졌지. 햄버거 가게 갈 때마다 가기 싫다고 했던 거기억 안 나냐고. 기억이 안 난대. 너무 기가 막혀서 그렇게 나한테 관심이 없으면 헤어지자고 했어."

"그랬더니?"

"좋아! 이렇게 말하는 거 있지? 정말 어이없지 않니? 나 너무 분해."

체리는 울기 시작했다. 서윤은 임윤범에게 화가 났다. 하지만 그렇다고 헤어졌다는 것도 이해가 되지 않았다.

"좋다고 했다고? 임윤범이?"

"응. 생각하지도 않고 바로 좋다고 하더라? 그동안 걔가 너무 자기밖에 모른다고 생각은 했지만 막상 바로 대답을 하니까비참한 기분이 들었어. 걔, 사실은 계속 헤어지려고 했던 거야. 그렇지 않니?"

서윤은 체리의 말이 끝나기도 전에 자리에서 일어났다. 그러고는 체리가 부르는 것도 무시하고 바로 옆 강의실로 가 임윤범을 불렀다.

"왜?"

의아한 표정으로 윤범이 쳐다보았다. 긴 목 위에 올려져 있는 멀건 얼굴이 멍청해 보이긴 처음이라고, 서윤은 생각했다.

"나 불렀냐?"

윤범의 목소리에 서윤은 순간 말문이 막혔다. 하지만 손에 햄버거 종이가 쥐여 있는 것을 보자 다시 화가 끓어올랐다.

"그래, 너!"

서윤은 윤범이 따라오는지 확인도 하지 않고 마침 열린 엘리베이터 안으로 들어갔다. 윤범은 배낭을 멘 채 터벅터벅 엘리베이터에 올랐다.

"나, 연체리 친구야."

"응, 알아. 민서윤."

임윤범이 이름을 안다는 것이 의외였지만, 해맑은 미소는 기분 나빴다.

"유튜브도 봤어. 개피곤이 너 요리 잘한다고 했을 때는 그런가 보다 했는데, 유튜브 보니까 정말이더라. 구독자도 몇만이던데? 내 주위에 유튜브 스타가 있다니, 처음이야."

분명히 칭찬이었는데, 서윤은 점점 화가 났다.

'야, 넌 김휘곤 친구 아냐? 왜 개피곤이라고 하는데? 유튜브는 내 거 아니거든? 확인이나 해 보고 칭찬을 하시지? 그리고 그 웃음은 뭐냐? 지금 웃을 일이 뭐가 있다고?'

끓어오르는 말 중에 어떤 말을 먼저 쏘아붙일까 생각하는데, 엘리베이터에서 내린 윤범은 바로 옆 편의점으로 쑥 들어가 버렸다. 서윤의 참을성이 드디어 바닥났다.

"야, 임윤범! 너, 말도 없이 거기로 가면 어떻게 해?"

그사이 바나나 우유를 계산대 위에 올린 윤범은 습관인 듯 미소를 지으며 어깨를 으쓱 추켜올렸다.

"얘기해."

윤범은 편의점 밖 파라솔 의자에 털썩 앉아 바나나 우유에 빨대를 꽂았다.

"너, 연체리랑 헤어졌다면서?"

"아아, 그거…… 차였어."

"차였다고? 체리의 말에 바로 그러자고 했다며?"

윤범은 우유를 쭉 들이켜더니 고개를 끄덕였다.

"어떻게 그럴 수가 있니? 그냥 화가 나서 한 말일 수도 있는데……."

"헤어지자고 한 건 체리야."

"비겁하게 그 말이 나오길 기다린 거 아니냐고! 너, 체리한테 왜 그러냐고 물어봤어?"

"왜 물어봐?"

"왜냐니? 좋아해서 사귀자고 고백했으면, 그 정도는 노력해야 하는 거 아냐? 장난도 아니고……."

처음으로 윤범의 표정이 어두워졌다. 서윤은 화가 치밀어 올랐다.

"장난이었어? 임윤범, 너 체리한테 장난으로 사귀자고 한 거였어?"

서윤은 눈이 아프도록 윤범을 째려보았다. 윤범은 슬쩍 서윤의 눈을 피했다.

"장난은 아니고, 그냥…… 모르겠어."

"그게 무슨 소리니?"

"나, 나도 잘 모르겠다고……."

서윤의 목소리에 놀란 듯 윤범은 더듬거리며 한숨을 쉬었다.

"좋아하지도 않으면서 고백을 했단 말이야? 정말 그렇다면 너, 가만히 안 둬."

"아, 아니. 좋아한 건 맞아. 하지만 원래는 고백하려고 한 건 아니고…… 그냥 얼떨결에……."

"얼떨결에?"

"다들 나랑 연체리가 사귈 거라고 하잖아. 아니라고 해도 안 믿고, 잘 어울린다고 부러워해서 나도 모르게 그만……. 체리는 예쁘니까 여자 친구여도 괜찮을 것 같다는 생각은 했지만, 원래는 고백할 생각 없었어. 여자애랑 사귀는 건 귀찮거든. 주말에 축구 할 때도 허락받아야 하고, 불편한 일이 더 많아서. 그래서 고백은 안 하려고 했는데, 어쩌다 보니……. 어, 야! 때리지 마!"

서윤은 자신도 모르게 윤범의 등을 후려쳤다. 깜짝 놀란 윤범이 두 팔로 머리를 막았다. 자신을 올려다보는 윤범의 눈을 보고 나서야, 서윤은 그가 휘곤이 아니라는 것을 깨달았다. 그러자 팔에서 스르르 힘이 빠졌다. 윤범의 말에 왜 휘곤이 생각났는지 알 수 없었다. 윤범의 얼굴에 다시 미소가 흘렀다.

"그래도 이번에는 내가 먼저 말했으니까 열심히 사귀어 보려고 했어. 그런데 체리가 헤어지자고 하니까……. 오히려 잘된 거라고 생각해. 오늘만 해도 난 햄버거가 먹고 싶었을 뿐이라고……. 체리도 먹는 것도 마음대로 못 먹을 바에야 안 사귀는 게 낫다고 생각한 게 아닐까? 체리가 먹자고 한 게 뭔 줄 아냐? 막창이래. 돼지 장기를 먹는다니, 상상이 되냐? 어떻게 사람이 그런 걸 먹을 수 있어? 아닌가? 넌 요리를 잘하니까 먹어 봤으려나? 유튜브 보니까 네가 한 음식 맛있겠다고 난리가 났던데……. 댓글 수 봤어?"

윤범은 대화의 주제가 뭐였는지도 까먹은 듯 휴대전화를 꺼내 유튜브를 보여 주었다. 동영상 속에서는 앞치마와 머릿수건을 한 서윤이 칼질을 하고, 그 옆에서 휘곤이 묵을 젓고 있었다. 윤범은 댓글 수를 보라며 손가락으로 댓글 창을 올렸다. 모르는 척 흘깃 쳐다보던 서윤은 그만 윤범의 휴대전화를 꺼 버리고 말았다.

"어, 갑자기 뭐냐?"

"뭐긴 뭐냐? 지금 내가 그거 보려고 왔니? 아무튼 넌 정말 한심한 애야."

서윤은 이렇게 쏘아붙이고는 건물 안으로 들어가 마침 닫히기 시작한 엘리베이터로 뛰어들었다. 윤범이 미처 따라오기 전에 문이 닫혔다.

서윤은 강사 선생님과 동시에 교실로 들어섰다. 체리는 화장을 고친 듯 눈물 흔적이 사라진 얼굴로 서윤을 보았다. 서윤은 입술을 꽉 깨물고 온 힘을 다해 체리를 향해 미소를 지었다. 하지만 서윤의 노력은 소용이 없었다.

무슨 일이야? 임윤범이랑 싸웠어?

아냐.

속이지 말고 말해. 나 때문에 임윤범이랑 싸운 거? 말하지 않으면 나 지금 당장 임윤범한테 간다?

뒤에서 체리가 서윤의 운동화 뒤축을 쳤다. 서윤은 한숨을 쉬었다.

그게 아니라…… 유튜브를 봤는데…… 댓글이……

갑자기 휴대전화 위로 눈물이 툭 떨어졌다. 서윤은 더 이상 문자를 보낼 수 없었다. 윤범이 동영상을 보여 주었을 때, 서윤은 조회 수나 베스트 댓글 대신에 다른 것을 보고야 말았던 것이다.

돼지들이 요리도 하네.

앞치마가 작아 보임.

요리가 아니라 다이어트 동영상을 찍어야 할 듯.

뚱뚱한 게 뭐 어때서 그럽니까? 좋아요 누르고 갑니다.

서윤은 울고 싶지 않아 크게 숨을 들이마셨다. 그때 문자가 왔다. 휘곤이었다.

민서윤, 접시 사러 가자. 나, 또 돈 생겼어. 오늘 알았는데 우리 상 받으면 상금 50만 원이나 된대. 유기 접시, 두 개는 사겠다, 그지?

'접시!'

휘곤의 문자를 본 순간, 서윤의 머리에 번개처럼 한 가지 생각이 스쳐 지나갔다. 서윤은 인터넷 쇼핑몰 창을 열었다. 그리고 유튜브에서 봤던 다이어트 주스 이름을 쳤다. 휘곤이 맡긴 접시 살 돈과 남은 용돈을 합치면 한 달치를 살 수 있었다. 열흘만 있으면 용돈 받는 날이니 접시는 그때 사도 될 것 같았다. 서윤은 무통장 입금을 선택하고 결제 버튼을 눌렀다. 그리고 수업이 끝나자마자 강사보다 먼저 강의실 밖으로, 건물 밖으로 나갔다. 서윤의 머릿속에는 다이어트, 그리고 돼지 커플이라는 말로 꽉 차 있었다. 입금을 하고 나니, 더 이상 눈물이 나오지 않았다. 하지만 다시 학원 건물로 돌아가고 싶지는 않았다. 밤거리를 걸으며 서윤은 학교에도 가지 않으면 좋겠다고 생각했다. 조회 수가 몇만이라면, 학교 아이들 중 몇몇은 자신을, 아니 자신과 휘곤을 보았을 것이라고, 그중 최소 10%는 돼지 커플이라고 생각했을 것이라는 확신이 들었다.

14.

노, 푸드

밤에 체리가 서윤의 집으로 찾아왔다. 방에 틀어박혀 있던 서윤은 고개를 푹 숙인 채 방문을 열어 주었다. 체리는 까치집처럼 뭉친 서윤의 머리카락을 만지작거리며 짐짓 밝은 목소리로 말했다.

"에이, 뭘 그런 거 갖고 그래?"

"그건 뭐야?"

서윤은 체리의 손에 잡힌 머리카락을 빼면서 체리가 가져온 종이봉지를 가리켰다.

"집에 와 보니까 토마토가 한 박스나 와 있어서. 엄마가 그러는데, 토마토로 배를 불리고 식사를 하면 살이 빠진대. 그러니까 토마토 다이어트를 해 보는 건 어때? 토마토 파스타, 토마토 달걀볶음, 또 토마토케첩을……."

"그건 다이어트가 아니야. 토마토로 만든 음식이 아니라 그냥 토마토 하나만 먹어야 해."

"말도 안 돼! 사람이 어떻게 토마토만 먹고살 수 있어?"

체리의 눈이 커다래졌다. 서윤은 검색한 것을 읽어 주었다.

"한 가지 음식만 먹으면 누구든 살이 빠진다. 이러한 원리를 이용한 것을 원푸드 다이어트라고 한다. 원푸드 다이어트의 종류에는 사과, 포도, 오이, 토마토 등이 있다."

"헉, 말도 안 돼."

서윤도 확실히 말이 안 된다고 생각했다. 푸드는 음식이라는 뜻이다. 하지만 토마토나 사과 같은 건 음식의 재료이지 음식은 아니다. 그러니까 원푸드 다이어트가 아니라 식재료 다이어트, 그것도 아니라면 노푸드 다이어트라고 해야 한다. 씻고 썰고 양념하고 끓이는 재미있는 과정들은 무시해야 하는 다이어트, 음식이라고는 하나도 먹지 않는…… 왠지 기분이 나빴다. 하지만 서윤은 이내 자신을 꾸짖었다. 다이어트를 할 마음이 없어 괜히 비뚤어진 생각이 드는 것이라고.

"그건 그렇고 서윤, 대회는 어떻게 할 거야? 휘곤이 말로는 이미 해 놓은 게 있어서 별로 어렵지 않을 거라던데? 호랑 선생님도 시간 내 준다고 했대."

"그거, 나 빼고 하면 안 돼?"

"그건 안 되지 않아? 네가 주인공이잖아."

"주인공은 무슨……. 처음에 우리가 하기로 했던 것처럼 네가 요리하는 법을 배워서 새로 찍는 게 낫지 않을까?"

체리의 표정이 어두워졌다.

"너, 아직도 댓글 생각하는구나? 그런 거 무시하라니까? 그런 댓글보다 너 요리 잘한다고, 아이디어 좋다고 하는 댓글이 더 많았단 말이야."

"너도 내 입장이 되면 그 댓글만 보일걸?"

서윤은 여전히 시무룩했다.

"……그래도 내가 하는 건 좀 아닌 것 같아. 호랑 선생님 말처럼, 영혼이 없어 보이니까."

"심사위원들은 아무것도 모를 텐데 영혼이 있는지 없는지 어떻게 알겠어?"

"아냐. 원숭이처럼 흉내만 내는 건 나도 싫어. 그때 봤잖아. 내가 새로 찍으려면 시간이 얼마나 많이 들겠니? 학원 레벨 테스트는 다다음 주고, 그다음엔 기말 준비도 해야 할 텐데…… 안 그래?"

"그건 그렇지……."

서윤은 수긍하지 않을 수 없었다.

"그러니까 서윤아, 너 다이어트 안 하면 안 돼? 모둠 촬영도 하고, 시험공부도 해야 하는데, 기운 빠지면 어떻게 하려고?"

"나, 오늘 결심했어. 그러니까 너도 뭐라고 하지 마. 늦었으니까 이제 그만 가. 내일 보자."

체리는 뭔가 더 할 말이 있는 것 같았지만, 고개를 끄덕이고는 집으로 돌아갔다. 체리가 돌아간 후, 서윤은 학원 숙제를 하기 위해 책상에 앉았다. 다이어트 주스를 사 놓은 덕에 든든하고 자신감도 생기는 것 같았다. 달력을 보니 한 달이 지나면 여름방학이 코앞이었다. 서윤은 한 달 동안 다이어트 주스만 먹고, 방학 때는 운동도 같이 하기로 했다. 완벽한 계획이라는 생각이 들었다. 그런데 배가 고팠다. 생각해 보니 저녁도 먹지 않았다. 서윤은 주방으로 가서 엄마가 사 온 빵을 가져왔다.

"오늘은 배가 아파서 안 먹을래."

점심을 거르겠다는 서윤의 말에 체리는 잠시 걱정스러운 표정을 했지만, 별말 없이 혼자서 급식실로 갔다. 배가 아프다는 말은 거짓말이었지만, 점심을 먹지 않아도 되는 건 사실이었다. 아직도 배가 불렀다. 어젯밤 빵뿐만 아니라 라면까지 끓여 먹었던 것이다. 얼굴은 땡땡 부었지만 저녁에 집에 갈 때까지 아무것도 먹지 않을 수 있을 것 같았다. 집에 가면 다이어트 주스가 도착해 있을 테니 다이어트를 이어 갈 자신감이 생겼다. 서윤은 아무도 없는 교실에서 학원 숙제를 했다. 왠지 느낌이 좋았다. 몇 달만 지나면 공부도 잘하고 예쁘기까지 한, 어쩌면 체리랑 비슷한 여자애가 될지도 모른다는 생각이 들었다.

"민서윤, 너 점심 안 먹었지? 다이어트냐?"

교실 문이 벌컥 열리며 김휘곤이 큰 소리로 말했다. 휘곤과 동시에 교실로 들어온 아이들이 키득대는 소리가 들렸다.

"개피곤! 쉿!"

뒤따라 교실로 들어오던 체리가 휘곤의 등을 때리며 속삭였지만, 서윤의 귀에까지 또렷이 들렸다. 서윤은 한숨을 쉬고는 못 들은 체 문제지만 들여다보았다. 체리가 서윤의 문제지를 홀깃 보며 옆자리에 앉는데, 휘곤은 자기 자리 대신 서윤의 앞자리에 자리를 잡고 걱정스러운 목소리로 말을 걸었다.

"배 안 고파? 무작정 굶으면 안 돼."

"네가 뭔 상관이야?"

"무슨 상관이냐니? 난 너의 남자⋯⋯."

서윤은 휘곤의 입에서 남자 친구라는 말이 나오기 전에 온 힘을 다해 째려보았다. 영문을 모르는 눈치였지만, 휘곤은 입을 다물었다.

"체리야, 급식 맛있는 거 나왔어?"

서윤은 휘곤이 다시 지껄일까 봐 별로 궁금하지도 않은 것을 물어보았다. 체리는 한숨을 쉬며 고개를 저었다.

"네 도시락에 비하면 편의점 도시락 수준이지. 민서윤, 너 요리 계속 해 주면 안 돼? 아, 아냐⋯⋯. 미안. 아, 살 안 찌는 음식이 있으면 얼마나 좋을까? 왜 맛있는 건 다 살이 찌는 건데?"

체리가 한탄 조로 말하자, 휘곤이 고개를 갸웃거렸다.

"나, 칼로리가 0인 음식을 알아."

"칼로리가 0? 그런 음식이 있다고?"

서윤의 눈이 반짝였다.

"음⋯⋯ 음식이 아니라, 칼로리 0을 만드는 방법이 있어. 먹기 전에 제사를 지내면 돼."

"헐, 뭐라고?"

체리가 어이없다는 투로 허탈하게 웃었다. 혹시나 기대했던 서윤도 기분이 나빠졌다. 휘곤은 황급히 변명을 늘어놓았다.

"진짜야. 나도 처음엔 너희처럼 황당하다고 생각했어. 그런데 우리 할머니가 한 말이야. 우리 할머니는 거짓말을 안 하거든."

"말이 되는 소리를 해라."

서윤은 짜증스럽게 말했다. 휘곤은 열심히 고개를 저었다.

"할머니 어렸을 적에는 먹을 것이 없어서 제사 지내는 집이 있으면 그날은 엄청 많이 먹었대. 밤새도록 기름진 음식을 먹었는데도 아무도 살찌지 않았다는 거야. 조상님이 먼저 음식을 먹어서 영양가가 사라진 거라던데?"

"말도 안 돼……. 그런데 정말 아무도 살이 찌지 않았대?"

체리는 살짝 흥미가 생긴 듯 되물었다. 휘곤은 또다시 고개를 끄덕였다.

"응. 옛날에는 제사를 밤에 지냈잖아. 지금으로 치면 야식인 거지. 한밤중에 살찌는 것만 잔뜩 먹는데도 한 명도 살이 찌지 않았다니까 믿을 만하지 않아? 그래서 우리 할머니는 내 밥은 항상 삼신상에 올려놨다가 줬었어."

"삼신상이 뭔데?"

"할머니 집 안방 구석에 있던 소반. 나 잘 자라라고 삼신할머니한테 기도하는 상이 있었어. 귀신이 먹은 음식은 살 안 찐다고 거기에 놓았다가 줬다니까. 그건 그렇고, 민서윤, 탕평채 언제 만들 거야? 우리 할머니 또 입원했는데 병원에서 밥도 잘 못 먹는대. 오늘 학원 안 가지? 오늘은 유기 접시 사러 가고, 내일 같이 만들면 안 될까?"

유기 접시라는 말을 듣는 순간 서윤의 얼굴이 굳어졌다. 그 돈으로 다이어트 주스를 샀다는 것을 까맣게 잊고 있었다. 서윤은 당장 휘곤에게서 벗어나고 싶었지만, 그런 마음을 아는지 모르는지 체리는 고개를 갸웃거리며 물었다.

"하지만 제사는 어쩌다 한 번이잖아."

"그러니까 우리 할머니처럼 삼신상을 놓고 매일 거기다 올려놓으면……. 난 6학년 때부터 할머니가 그렇게 해 줬는데?"

휘곤의 말에 체리가 큭, 하고 나오는 웃음을 억지로 참았다. 서윤은 한숨을 쉬었다.

"개피곤, 너 바보냐? 실험은 끝났네."

"어?"

"넌 동영상 댓글도 안 봤어? 네가 칼로리가 0인 걸 먹었다면 그런 댓글이 달렸겠냐고?"

휘곤의 얼굴이 멍해졌다. 서윤은 얼굴에 스멀스멀 웃음기가 퍼지는 체리와 눈이 마주쳤다. 체리의 입술이 실룩이는 것을 보자 서윤도 더 이상 웃음을 참을 수 없었다. 체리와 서윤은 동시에 웃음을 터뜨렸다. 휘곤은 고개를 갸웃거리며 둘의 웃음이 잦아들기를 기다렸다.

"민서윤, 오늘 접시 사러 갈 거지?"

체리는 여전히 큭큭 웃고 있는데, 서윤의 얼굴에서는 웃음기가 사라졌다. 서윤은 빨개지려는 볼을 두 손으로 감싸며 퉁명스레 말했다.

"오늘 바빠."

"그럼 언제 사? 탕평채, 멋진 그릇에 담아서 할머니한테 드리고 싶단 말이야."

"개피곤, 접시 사 온다고 바로 쓸 수 있는 줄 알아? 그거 닦는 게 얼마나 힘든데? 탕평채도 해 준다고 한 적도 없는데, 왜 마음대로 만들겠다는 거니?"

"하지만…… 우리 할머니가 병원 밥이 맛없다고 잘 안 먹는단 말이야. 그래서 난 가사 실습실에서라면……. 미안, 내 멋대로 생각해서. 유기 접시 닦는 게 힘들면 내가 닦아도 되는데."

서윤은 더 이상 할 말이 없어 화가 난 사람처럼 자리에서 벌떡 일어났다.

"어이없어, 개피곤. 내가 다이어트 한다고 했지!"

서윤이 짜증을 냈지만 휘곤은 멍한 표정으로 고개를 갸웃거렸다.

"넌 안 먹어도 되니까 그냥 만드는 것만 도와주라. 재료는 내가 다 준비해 올게. 이걸로 대회 나가는 거 찍으면 되지 않을까? 너 힘들지 않게 해 줄게. 난 네 남자 친구니까."

체리의 눈이 동그래졌다.

"나, 남자 친구? 서윤, 역시 휘곤이랑 사귀는 거였어?"

서윤은 너무 놀라 말문이 막혔다. 원래대로라면 체리가 알기 전에 헤어질 수 있었는데, 지금까지 질질 끌어 온 자신에게, 그리고 휘곤에게 화가 났다.

"야, 개피곤! 넌 도대체 생각이 있니, 없니? 다이어트 하는 나한테 음식이나 만들라고 하면서 남자 친구니까 괜찮다고?
남자 친구는 무슨……. 너랑 나 같은 애들은 커플 자격도 없다
고!"

"민서윤!"

체리와 휘곤이 동시에 서윤의 이름을 불렀다. 체리는 하고
싶은 말을 꾹꾹 참는 표정으로 휘곤을 보았다. 휘곤은 화가 난
듯 빨개진 얼굴로 말했다.

"민서윤! 왜 그렇게 화를 내는 거야? 그리고 커플에 무슨 자
격이 있냐?"

"있어! 있다고 다들 그런단 말이야. 그래서 내가 영상 찍기
싫다고 했지? 눈사람 같은 애 둘이 찍히니까 그런 댓글이나 달
리지. 아무튼 난 이제 너랑은 아무것도 같이 하고 싶지 않아. 대
회든 탕평채든 너 혼자 해! 나한테 이래라 저래라 하지 말고!"

실컷 쏟아붓던 서윤은 멍하니 자신을 올려다보는 둘을 보았
다. 체리는 이해할 수 없다는 표정이었고, 휘곤은 어딘지 기가
죽은 것 같았다. 그제야 서윤은 자신이 한 말들이 떠올랐다. 마
음속에 있는 말이기는 했지만, 휘곤에게 화를 낼 일이 아니라
는 것은 알고 있었다. 한마디로 괜한 짜증이었다. 하지만 이제
와 취소라고 말할 수도 없었다. 이러지도 저러지도 못한 서윤
은 둘을 피해 복도로 나가 버렸다.

15.
최고의 시나리오

연휴 전날, 들뜬 분위기가 교실을 감싸고 있었다. 금요일은 휴일, 월요일은 개교기념일이었다. 며칠 전부터 현장 체험 학습을 간 아이들 때문에 드문드문 빈자리가 보였다. 그중에는 엄마 출장을 따라간 체리도 있었다. 어젯밤 체리가 같이 가면 좋겠다고 말했을 때 서윤도 말로는 아쉽다고 했지만, 속마음은 달랐다. 어제 저녁 체중계에 올랐을 때 0.4kg이 빠져 있었다.

'와! 이러다가 한 달 되기도 전에 10kg 빠지는 거 아냐?'

다이어트 주스가 효과를 발휘하는 이때 먹는 것 좋아하는 체리와 여행을 간다면 모든 게 수포로 돌아갈 것이 뻔했다. 체리가 없으니 급식 시간에 눈치 볼 사람도 없어서 편할 거라고 생각했다. 딱 한 사람, 김휘곤만 빼고……. 아무하고나 유쾌하게 떠들던 휘곤은 그날 이후 생각에 잠긴 표정으로 자리에만 있었

다. 상관없다고 생각하면서도 서윤은 자꾸 휘곤에게 눈길이 갔
다. 점심시간, 다른 아이들보다 한발 늦게 자리에서 일어난 휘
곤은 쇼핑백을 들고 천천히 교실을 나섰다. 서윤은 종이 울리
자마자 책상에 엎드렸지만, 휘곤의 뒷모습이 자꾸 눈에 밟혀
결국은 창문 밖으로 상체를 내밀었다.

'어디로 가는 거지?'

우르르 몰려가는 아이들과 반대편 건물로 가고 있는 휘곤이
눈에 확 띄었다.

'무슨 상관이람.'

서윤은 다시 책상에 엎드렸지만 그 건물에 가사 실습실이 있
다는 것이 떠올랐다.

'거기 매점도 있잖아. 급식 대신 빵 먹으려나 보지.'

꽤 커 보이던 쇼핑백이 떠올랐다.

'카메라겠지. 매점 먹방을 찍으면 재미있지 않겠냐고 했었잖
아.'

서윤은 매점에서 제일 맛있는 것에 대해 바보 같은 표정으로
말하던 휘곤을 떠올렸다. 하지만 그만 한 쇼핑백이면 탕평채
재료를 다 넣을 수 있다는 생각을 멈출 수 없었다. 가사 실습실
에서라면 점심시간 내에 탕평채를 만들 수도 있다. 서윤은 "아
휴!" 하고 혼자 짜증을 낸 뒤 자리에서 일어났다.

'도와주려는 건 아니야. 내가 얼마나 힘이 드는데……'

서윤은 가사 실습실 쪽으로 빠르게 걷기 시작했다.

"민서윤?"

실습실 문을 열었을 때, 휘곤은 땀투성이였다. 서윤은 얼굴을 찡그렸다. 실습실 안에 매운 기름 냄새와 탄 냄새가 가득했던 것이다. 서윤은 얼른 가스레인지 쪽으로 갔다. 아니나 다를까, 채소가 탄 채로 프라이팬 위에 올려져 있고, 그 옆 냄비에는 잘 섞이지 않은 녹두 가루가 떡처럼 뭉쳐져 있었다. 휘곤이 얼른 달려와 프라이팬과 냄비를 개수대로 옮기고 나머지를 치우기 시작했다.

"뭐 한 거임?"

"아, 하하, 그냥 연습이랄까……. 그런데 너 얼굴이 안 좋아. 다이어트 때문이지?"

"네가 뭔 상관이야."

"난…… 네가 아플까 봐. 아무것도 안 먹는 건 위험해."

"걱정 마. 나 멀쩡해."

"하지만 쉬는 시간마다 엎드려 있는 것도 그렇고."

"쉬는 시간에 엎드려 있는 것도 잘못이니? 신경 꺼."

서윤은 괜히 쫓아왔다는 생각이 들었다. 실습실을 둘러보았다. 미처 치우지 못한 검은 봉지 안에는 당근과 피망과 파 같은 것들이 보였다. 남은 재료로 무엇이든 만들 수 있겠지만, 묵을 망쳤다면 탕평채는 무리였다. 그리고 기름 냄새를 맡으니 자꾸만 입에 침이 고였다. 서윤은 침을 꿀꺽 삼키고는 도망치듯 실습실 밖으로 나갔다. 휘곤은 뒤를 한 번 돌아보더니 서둘러 서윤의 뒤를 쫓았다. 쫓아오지 말라고 말하고 싶었지만, 서윤은 다 귀찮아졌다. 휘곤은 결국 실습실 건물 밖 운동장 입구까지 쫓아왔다.

"이해가 안 돼. 민서윤, 다이어트처럼 힘든 걸 왜 해?"

"안 힘든 다이어트가 어디 있니?"

운동장에서 햇빛이나 쐬면서 먹고 싶은 마음을 없애려던 서윤의 대답이 뾰족했다.

"힘드니까 안 하면 되잖아."

서윤은 이래서 뚱뚱한 사람이 무시당하는 것이라고 속으로 생각했다.

'게으르고 의지력 없다는 말이나 듣는 눈사람 생활은 하기 싫다고.'

서윤은 이렇게 생각했지만, 한편으로는 그런 생각조차 못 하는 김휘곤이 불쌍하기도 했다.

"김휘곤, 너는 다른 남자애들처럼 운동 같은 거 안 하니?"

휘곤은 운동장을 내려다보았다.

"나도 축구 해. 하지만 이렇게 더운 날엔 힘드니까."

"거봐, 너도 뚱뚱하니까 더 덥고 그래서 운동하는 게 싫은 거잖아."

"싫은 건 아냐."

"거짓말이지?"

"내가 거짓말을 왜 해?"

"여자애들한테 잘 보이려면 운동을 잘하는 게 좋을 테니까. 김휘곤, 그러지 말고 너도 다이어트를 하는 게 어때? 날씬해지면 여자애들이 좋아해 줄 거 아냐?"

"난 여자애들이 좋아해 주는 거 필요 없어."

휘곤이 피식 웃으며 쳐다보자 서윤은 짜증이 났다. 하지만 갑자기 좋은 생각이 떠올랐다.

"김휘곤, 너도 남자잖아. 연체리처럼 예쁜 여자가 좋지 않아?"

"응…… 뭐, 그렇지."

"그러니까 너도 다이어트를 하는 거야. 그러고 나서 당당하게 체리한테 사귀자고 하는 거지."

"연체리?"

"그래, 체리! 체리가 너 좋아하는 거 모르지? 아니 아니, 그런 식으로 좋아한다는 건 아니지만, 아무튼 체리가 그랬단 말이야. 남자애들 중에서 네가 제일로 괜찮다. 그러니까 네가 조금만 잘생겨진다면 고백할 때 멋지지 않겠어?"

"잘생겨지면 고백하라고?"

"지금은 네가 키도 작고 뚱뚱하니까 체리랑 안 어울리지만 너도 살만 좀 빼면 체리랑 사귄다고 해도 아무도 안 웃을 거야."

휘곤은 얼굴을 찡그리며 서윤을 보았다.

"나랑 체리랑 사귄다니, 무슨 소리야?"

"만약에 말이야. 만약 네가 살을 뺀다면 둘이 사귀어도 애들이 안 웃을 거라고."

"그 말은…… 그러니까, 살 빼지 않고 사귀면 애들이 웃는단 말이야?"

휘곤의 눈이 동그래졌다. 서윤은 지금까지 그런 생각도 못한 휘곤이 오히려 놀라웠다. 서윤은 단호한 표정으로 고개를 끄덕였다. 휘곤은 지금까지 본 적 없는 강렬한 눈빛으로 서윤의 얼굴을 뚫어지게 보았다. 서윤은 더 열정적으로 이야기를 이어 갔다.

"누가 눈사람을 좋아하겠냐? 지금의 너를 좀 봐. 눈덩이를 덕지덕지 붙여 놓은 것처럼 둥글둥글하잖아. 하지만 너도 살만 좀 빼면 예쁜 구석이 많아 보이거든. 그러니까 살을 뺀 진짜 너를 체리에게 보여 주는 거지! 생각만 해도 기분 좋지 않니?"

만약 외모만 비슷하다면 김휘곤이 임윤범보다 훨씬 나은 아이였다. 체리가 그런 남자 친구를 사귀면 좋겠다고 생각하니, 서윤은 마음이 급해졌다.

"그러니까 휘곤아, 나랑 다이어트 같이 하자!"

서윤은 오늘 저녁에라도 옷장에 숨겨 둔 다이어트 주스를 휘곤에게 나눠 줘야겠다고 생각했다. 그러면 휘곤에게 유기 접시 살 돈을 어떻게 했는지 말해 줄 필요도 없어진다. 한 달치는 휘곤이 산 셈 치고, 다음 달은 엄마한테 사 달라고 하면 공평할 것 같았다.

"다이어트라니?"

"개피…… 아니, 김휘곤, 물론 힘들겠지. 하지만 우리 반에서 제일 예쁜 연체리랑 사귀면 얼마나 좋겠어?"

"너 왜 아까부터 체리랑……."

신난 듯 높아진 서윤의 목소리에 휘곤이 우물대며 끼어들었다. 서윤은 힘을 불어넣기라도 하듯 휘곤의 어깨를 툭툭 쳤다.

"목표가 있으면 쉽대. 다이어트는 의지력이라니까, 성공하면 넌 더 멋져 보일 거야. 굶지 않고도 뺄 수 있는 방법이 있어. 내가……."

"시, 싫어!"

휘곤이 어깨를 홱 돌리는 바람에 서윤의 손이 허공에서 갈길을 잃었다. 서윤은 그제야 휘곤의 표정을 볼 수 있었다. 하지만 휘곤이 왜 시무룩한 얼굴인지 알 수 없었다.

"그래, 결심하기가 쉽지는 않겠지. 하지만 연체리라고. 잘 생각해 봐, 얼마나 좋겠니?"

서윤은 점점 더 휘곤과 함께 다이어트를 해야 할 것 같은 생각이 들었다. 휘곤과 함께라면 훨씬 힘이 덜 들 것 같았다. 서윤은 휘곤의 팔을 잡았다. 당장 교실로 가서 다이어트 주스를 나눠 주어야 할 것 같았다.

"교실로 가자. 내가 줄 게 있어. 다이어트에는 그게……."

그때였다.

"싫다고 했잖아!"

갑자기 휘곤이 소리를 버럭 질렀다.

"깜짝이야! 뭐야? 왜 갑자기 소리를 질러?"

깜짝 놀란 서윤은 두근거리는 심장을 진정시켰다. 하지만 이번에는 휘곤이 진정되지 않은 것 같았다.

"민서윤, 넌 뭐든 네 마음대로냐? 사귀자고 한 건 너였잖아. 그런데 어떻게 체리랑 사귀라는 말을 할 수가 있어?"

휘곤이 얼굴에 잔뜩 힘을 주었다. 서윤은 그래 봤자 동글동글 눈사람이라고 생각했다. 하나도 무서워 보이지 않았다.

"지금 말고. 일단 다이어트를 성공한 다음에 사귀어야지. 체리랑 잘 어울리는 남자애가 되는 거, 너도 좋지 않아?"

휘곤의 얼굴이 점점 붉어지고 있었지만 서윤은 눈치채지 못하고 있었다. 서윤은 계속 휘곤을 보고 있었지만, 그 눈에 비친 모습은 다이어트에 성공한 김휘곤, 그러니까 볼살도 쏙 들어가고, 타이어 모델 그림 같던 팔다리도 직선이 된, 그리고 키도 커진 모습이었다. 휘곤은 혼자 히죽 웃고 있는 서윤을 손가락으로 툭 쳤다. 그제야 서윤의 눈에 진짜 휘곤이 들어왔다.

"내가 왜 연체리에 어울리는 사람이 되어야 하는데? 나는 너랑……."

서윤은 급하게 손을 휘두르며 휘곤의 말을 막았다. 좋았던 기분이 싹 사라졌다.

"아, 그만 말해! 너랑 나는 끝난 거잖아. 아니, 아예 시작도 안 한 거지."

"끝나다니?"

"어제 내가 말했잖아. 너랑 그렇게 엮이는 거 싫다고."

"그렇게 엮이는 거?"

"댓글 말이야. 애초에 너랑 나랑 말도 안 되지. 남들 웃으라고 개그하는 것도 아니고. 하지만 지금은 너랑 연체리도 안 돼. 우리 같은 눈사람은 누구랑 사귀든 비웃음만 당한다고."

"비웃음? 누가 우리를 비웃는다는 거야?"

"다, 전부 다. 너랑 나랑 사귀지 않을 때 찍은 영상인데도 사람들은 놀리잖아. 눈사람 같은 애 둘이 같이 서 있는 것만으로도 놀림감이 되는 거야."

"남들이 무슨 상관이야? 그리고 네가 사귀자고 했잖아!"

"그건 그냥 어쩌다 나온 말이지. 너도 진지하게 받아들인 건 아니잖아."

"뭐라고? 그럼 너, 날 놀린 거야?"

"놀리다니? 내가 왜 너를 놀리겠니? 하지만 그땐 나도 몰랐던 거야. 생각해 봐. 너랑 나, 둘이 있는 것만으로 답답하다잖아. 너도 나랑 묶이는 거 싫을 게 뻔하고."

휘곤이 잔뜩 굳은 표정으로 서윤을 노려보았다. 서윤은 갑자기 휘곤의 눈이 무섭다는 생각이 들었다.

"네가 내 생각을 어떻게 알아?"

"김휘곤, 우리 반 애들 중에 너랑 나랑 사귄다고 생각한 애가 하나라도 있을 것 같아? 아니거든? 왜 그런 줄 알아? 아무도 눈사람들끼리 사귄다고 생각하지 않아. 눈사람은 누구를 사귈 수 있는 종류가 아니라고!"

"눈사람?"

"그래, 눈사람. 너랑 나랑은 남들한테 비웃음만 당할 뿐이야. 넌 그런 게 좋니? 난 싫단 말이야."

"민서윤, 너 진짜 바보구나? 남들 눈이 그렇게 중요해?"

"그럼 안 중요해? 넌 눈사람이 좋아?"

"눈사람이라니? 너랑 나는 그냥 사람이야."

휘곤의 말이 마치 자신을 비웃는 것 같아 서윤은 화가 났다.

"아니! 우린 사람이 아니라 눈사람이야. 그리고 지구 온난화는 더 심해지고 있다고! 눈사람은 사라질 수밖에 없어. 모두가 비웃으니까. 넌 눈사람이 좋은가 본데, 그럼 가만히 있다가 멸종되든가 말든가 마음대로 해! 뚱뚱한 눈사람으로 남아서 비웃음이나 당하라고!"

서윤은 잔뜩 화가 나 쿵쾅거리며 계단을 올랐다. 계단을 다 올라 씩씩거리던 숨결이 가라앉았을 때, 어지러웠던 가사 실습실이 생각났다. 휘곤은 언제 그걸 다 치울 것인지 궁금해졌다. 아니나 다를까, 휘곤이 5교시 바로 직전에야 나타나 가방을 챙겨서는 밖으로 나갔다. 어디에 가는지 궁금했지만, 서윤은 못 본 체했다.

16.

눈사람의 실종

"서윤아, 저녁도 안 먹을 거야?"

체리가 교문에 기대앉은 서윤에게 다가와 물었다. 종례가 일찍 끝나 학원 버스가 오려면 10분은 기다려야 했다. 다른 때였다면 교정에서 저녁 도시락을 나눠 먹었겠지만, 서윤은 맥없이 앉아 학원 버스를 기다렸다.

"너 이러다 큰일 나는 거 아냐?"

체리의 목소리에 걱정이 가득했다. 서윤은 큰일이라는 말에 체리를 올려다보았다.

"오늘이 무슨 요일이지?"

"수요일……. 왜?"

"6일째다……. 아직 휘곤이랑 연락 안 되지?"

서윤의 말에 체리가 고개를 갸웃거렸다.

"6일? 이틀 아니야? 휘곤이랑 연락 안 된 거."

"아냐. 연휴 때부터 연락 안 되었단 말이야."

"오오, 민서윤……. 사귀는 거 아니라더니?"

"그런 게 아니라, 목요일 날 내가……."

"네가 뭐?"

서윤은 체리의 반짝이는 눈빛을 외면하며 고개를 숙였다. 설명해야 할 것들이 너무 많았다. 휘곤에게 퍼부었던 말들이 낱낱이 떠올랐다. 눈사람이니, 비웃음이니, 말이 심했던 것 같았다. 그렇다고 해도 사라져 버리다니, 휘곤도 너무하다고 생각했다. 하지만 서윤은 생각하는 것이 힘들 정도로 힘이 빠져 있었다.

"너 주스 마셔야 하지?"

서윤은 고개를 저었다. 다이어트 주스는 생각만으로도 생목이 올라왔다. 밍밍한 주스를 먹으니 굶는 게 낫다는 생각에 이틀째 아무것도 먹지 않는 중이었다. 이상하게도 배가 고프지 않았다.

"주스라는 말만 들어도 토 나와."

"맞아. 난 보기만 해도 구역질 나더라. 그런데 너희 연휴 때 한 번도 안 만난 거임? 앗, 설마……! 민서윤, 네가 찼어? 김휘곤은 실연의 상처로 학교도 안 나오는 거고? 불쌍한 김휘곤은 얼마나 힘들었으면……."

"아니야! 그런 거 아니라고! 그냥 사라진 거란 말이야."

"헤어진 건 아니지?"

"연체리, 넌 대체 누구 친구냐? 왜 나한테만 뭐라고 하는 거야?"

체리는 혀를 쏙 내밀며 웃었다.

"아니, 난…… 휘곤이가 너를 더 좋아하는 것 같으니까. 그리고 네가 김휘곤한테 당할 리도 없잖아. 만약에 말싸움을 했다면 분명히 네가 이겼을……. 어, 차다!"

반대편에 학원 차가 보였다. 서윤은 고개를 절레절레 저으며 가방을 챙겼다. 분하지만 체리의 말이 틀린 것은 아니었다. 그런데 휘곤이가 더 좋아하는 것 같다는 체리의 말이 귀에 맴돌았다. 서윤은 마음이 무거워진 채 자리에서 일어났다. 순간 머리가 핑 돌더니 비틀거렸다.

"왜 그래? 어지러워? 서윤, 너 얼굴이 하얘……."

"괜찮아. 이러다가 말아."

서윤은 교문 앞에 선 학원 버스 쪽으로 걸어갔다. 그러자 체리가 서윤을 앞지르더니 버스에 먼저 올라탔다. 그러고는 두 팔로 버스 문을 가로막았다.

"민서윤, 오늘은 집에 가. 너, 학원 가 봤자 공부 안 돼."

"뭐 하는 짓이야."

체리는 학원 버스에 오르려는 서윤을 살짝 밀고는 기사 아저씨에게 문을 닫아 달라고 소리쳤다. 문이 닫히고 버스가 출발하자, 집에서 죽이라도 먹으라는 체리의 문자가 도착했다. 서윤은 버스가 가 버린 방향을 보다가 터덜터덜 버스 정류장 쪽으로 걸어갔다. 어지러워서 그냥 침대에 누워 있고 싶은 마음을 알아차린 체리가 고마웠다. 역시 서윤을 가장 잘 아는 것은 체리였다. 휘곤이 생각났다. 체리의 반만큼이라도 눈치가 있다면 지금쯤 문자를 보내야 했다. 아니, 이렇게 전화를 꺼 놓으면 안 된다. 서윤은 이런 생각을 하며 버스를 기다렸다.

눈을 떴을 때, 서윤은 실망했다. 분명히 기절한 것은 맞는데, 영화나 소설에서 본 것과는 달랐기 때문이었다. 그런 데에서는 며칠 있다가 깨어나거나, 깨어났을 때 어디인지 잘 모르는데, 전혀 그렇지 않았다. 서윤은 자신이 미디어 센터 쿠킹 스튜디오에서 쓰러졌다는 것과 자신을 붙잡아 준 사람이 하필 호랑이었다는 것도 아주 잘 알았다. 영화에서처럼 기절을 했다면 자연스럽게 미디어 센터를 나올 수 있었을 텐데……. 서윤은 기절할 때조차 튼튼한 자신이 원망스러웠다. 서윤은 호랑이 내려다보고 있는 것을 느꼈다. '이래서야 눈을 뜰 수 없잖아.' 그때 갑자기 호랑이 한숨을 쉬며 돌아섰다.

"정신 좀 드니?"

서윤은 이때다 싶어 눈을 뜨고 고개만 살짝 끄덕였다. 가방에서 뭔가를 꺼내 온 호랑은 서윤을 흘깃 보았다.

"대체 얼마나 굶은 거니?"

"네?"

서윤은 호랑이 다이어트 하는 걸 어떻게 아는지 궁금했다. 하지만 쉽게 대답할 수 없었다.

"삼켜. 당 떨어졌을 때는 초콜릿이 최고지."

서윤은 바로 뱉어 내려고 했지만, 초콜릿은 이미 입속에서 환하게 번지고 있었다.

"한 일주일 굶었니?"

서윤의 입은 마치 스펀지처럼 눈 깜짝할 새에 초콜릿을 흡수해 미소를 남실거리고 있었다.

"웃는 표정이었구나? 휘곤이가 본 얼굴이⋯⋯."

"네, 휘곤이요?"

초콜릿에 취해 있던 서윤은 휘곤이라는 말에 정신이 들었다. 호랑의 얼굴이 어딘가 냉랭해졌다.

"왜? 내가 휘곤이 얘기를 하는 것도 싫어?"

서윤은 의아한 눈빛으로 호랑을 올려다보았다.

"왜 화를 내세요? 저는 그냥 휘곤이가 어디에 갔는지 알고 싶어서 왔는데⋯⋯."

"휘곤이가 어디에 갔느냐고? 그걸 왜 나한테 묻니? 싸웠다지만, 어쨌든 둘이 더 친하잖아."

"싸웠⋯⋯. 그럼, 저번 주 목요일 날 휘곤이가 호랑 님이랑 만난 거예요?"

서윤의 질문에 호랑의 표정이 살짝 풀어졌다.

"걔가 나한테 전화한 게 목요일이었나? 아무튼 지난주에 전화가 온 건 사실이야. 그런데 오늘 학교에 가는 날 아니었어?"

"학교에 안 왔어요⋯⋯."

호랑도 휘곤의 행방을 모른다니 서윤은 힘이 쭉 빠졌다.

"학교에 안 가다니⋯⋯. 시무룩하긴 했어도 심각해 보이진 않았는데……."

"휘곤이가 전화로 뭐라고 했어요?"

"네 얘기, 아니, 동영상 내려 달라는 얘기. 동영상 때문에 헤어지자고 했다면서? 도대체 동영상이랑 휘곤이가 무슨 상관이니? 댓글이니 눈사람이니 휘곤이가 그러는데, 나는 전혀 이해가 안 되더라."

"동영상을 내려 달라고 했다고요? 휘곤이가요?"

"그래. 내가 유튜브 초기 말고는 동영상을 내린 적 없거든?"

호랑의 말에 서윤의 눈이 동그래졌다. 그 후로 한 번도 유튜브를 확인한 적이 없었다. 설마 휘곤이 그런 부탁을 했으리라는 것은 짐작도 하지 못했다.

"정말 동영상을 내렸어요? 저 때문에요?"

"너 때문이 아니라 휘곤이 때문이라니까. 댓글, 별것도 없던데, 정말이지 너는 남들 말이 그렇게 중요하니? 그런 말 한마디에 네 재능을 썩히는 게 아깝지도 않아?"

호랑은 세상에서 가장 한심한 사람인 것처럼 서윤을 내려다보았다.

"별것 아닌 댓글이요? 호랑 님도 그런 댓글 보면 그런 말 할수 없을걸요?"

"휘곤이가 너랑 요리 채널 만든다고 할 때, 정말 괜찮은 콘텐츠가 나오겠다고 생각했는데, 너는 겨우 그 정도 각오였어?"

"내가 한다고 한 적 없어요."

"흠, 그렇다는 거지? 휘곤이가 사정해서 동영상을 내렸지만,

설마 그 정도는 아닐 거라고 생각했는데…… . 너는 너 자신이 그렇게 하잖니?"

서윤은 호랑을 빤히 쳐다보았다. 딱 달라붙은 티셔츠에 찢어진 청바지, 포니테일 스타일로 뒤통수까지 한껏 치켜올린 머리카락까지, 누가 봐도 멋진 모습이었다.

"호랑 님처럼 날씬하고 멋있는 사람은 그 댓글이 아무것도 아니겠지만, 나 같은 사람은 달라요."

서윤은 시무룩하게 말하고는 고개를 숙였다. 호랑이 다시 초콜릿을 서윤에게 내밀었다.

"안 먹을래요. 원래는 아까도 먹으면 안 되었는데…… ."

"도대체 왜 굶니? 다이어트 때문이지? 그런데 다이어트 때문에 굶는다는 말은 왜 못 하는데?"

"…… ."

"너도 잘못되었다는 걸 알아서 그런 거지? 그럼, 멈춰야 정상 아니니?"

"하지만 안 굶으면 살 못 빼잖아요."

"얘, 다이어트는 그렇게 하는 거 아냐. 휘곤이 말대로 다이어트 안 해도 예쁘지만."

뜻밖의 말에 서윤은 입술을 비죽였다.

"거짓말."

"내가 왜 너한테 거짓말을 하겠니? 넌 너 자신이 하나도 안 예쁘니?"

호랑의 말에 서윤은 멍해지는 느낌이었다.

"넌 평생 너 자신이 못난이라고 생각하며 살았던 거야? 그러고도 거울 볼 때 괜찮아?"

서윤은 갑자기 모든 소리가 사라진 것 같은 느낌이었다. 그러고 보니, 자신이 예쁜지 못생겼는지 한 번도 생각해 본 적이 없는 것 같았다.

'거울을 볼 때……?'

서윤은 무슨 생각을 하며 거울을 봤는지 떠올려 보았다. 특별한 생각을 한 적은 없는 것 같았다. 거울은 그저 뭐가 묻었는지, 교복 타이가 비뚤어지지는 않았는지 확인해 주는 도구였을 뿐이었다.

"그렇게 자신을 불쌍하게 만드는 게 좋다면야 할 말은 없지. 내 생각엔 평생 자신을 불쌍한 사람으로 만들고 싶은 사람은 없을 것 같은데……."

"제가 왜 불쌍한 사람이에요?"

"네가 지금 하는 행동이 너 자신을 불쌍하게 만들고 있다는 생각은 안 들어?"

"그 반대인데요? 저는 다이어트 하고 예뻐져서 더 멋진 사람이 되려는 거예요."

"멋진 사람이 되려는 애가 자신을 그렇게 학대한다고?"

"학대라니, 너무 심한 거 아니에요?"

"얼굴도 모르는 사람의 댓글 한마디에 그 멋진 동영상도 내리고, 쓰러질 정도로 먹지도 않는 게 학대가 아니면 뭐야? 스스로를 불쌍하게 만드는 게 아니면 뭐냐고?"

호랑의 말에 서윤은 할 말이 없었다. 하지만 여전히 불만스러웠다.

"호랑 님처럼 원래 예쁜 사람들은 그렇게 말할 수 있겠죠. 그러면 저처럼 눈사람 같은 애들은 계속 눈사람으로 살아야 한다는 말이에요?"

"눈사람? 아, 휘곤이가 말한 눈사람이 그런 뜻이었어? 하하하, 너, 휘곤이 말대로 귀여운 구석이 많구나. 유튜브 하면 되게 잘하겠다. 아무튼 그건 그렇고, 나보고 원래 예쁘다고 했니? 그렇게 말해 주면 내가 고마워할 줄 알겠지만, 아니거든? 내가 원래 예쁘지 않은 건 아니지만, 네 말대로라면 나도 눈사람이었고 너 같은 식이면 거울 볼 때마다 불쌍해지는 쪽이었지. 다이어트라면 나도 누구 못지않게 해 본 사람이야."

"네?"

"내 채널, 그걸로 유명해진 건데 모르는구나? 내가 다이어트는 100% 성공시키거든."

서윤의 눈이 반짝거렸다. 진짜 호랑의 입에서 그 말이 나오자 더욱 미더웠다.

"하지만 유튜브에서는 방법도 안 알려 주잖아요."

"그야, 랜선으로 알려 줄 수 있는 게 아니니까, 다이어트는."

"정말 100% 성공이에요? 어떻게 그럴 수 있어요?"

"간단해. 100% 성공할 사람만 도와주니까."

"100% 성공할 사람이 원래 있다니, 거짓말이죠?"

"있어, 100% 성공하는 사람."

"어떤 사람인데요?"

"자신이 얼마나 예쁜지 아는 사람."

호랑의 말에 서윤은 아무 말도 할 수 없었다. 호랑이 말한 조건이 이런 것일 줄은 상상도 못 했다. 예쁜 사람이 다이어트에 성공한다니, 전혀 논리적이지 못한 조건이라고 생각했다.

"이미 예쁜 사람들이 뭐하러 다이어트를 해요?"

서윤이 입술을 비죽이자 호랑은 고개를 저었다.

"예쁜 사람이 아니라 예쁜 걸 아는 사람."

입안에 퍼진 초콜릿 향이 아직도 코끝을 맴돌고 있었다. 가방에 초콜릿을 넣고 다니는 사람이 다이어트 같은 것을 했을 리 없다는 생각이 들었다.

"어때, 넌 100% 성공할 사람 같니?"

서윤은 생각보다 어렵지 않은 자격이라고 생각했다. 그리고 호랑이 도와준다면 그 기회를 놓치고 싶지도 않았다.

"웃는 게 예쁘다면서요."

"그건 내가 한 말이잖아."

"휘곤이가 그랬다면서요."

"그래. 네 말대로 휘곤이가 한 말이지. 나는 네 생각이 궁금하다는 거야. 너는 너 자신이 얼마나 예쁘냐고?"

호랑의 말에 서윤은 혼잣말처럼 중얼거렸다.

"됐어요, 안 도와준다는 말이잖아요."

서윤의 말을 들었는지 못 들었는지, 호랑은 백을 어깨에 메고는 자리에서 일어섰다.

"100% 성공할 것 같으면 다시 와. 휘곤이 보면 전화하라고 하고."

"저기요, 호랑 님!"

서윤은 의자에서 등을 떼며 다급하게 호랑을 불렀다. 호랑은 고개만 휙 돌아보았다.

"저기, 휘곤이한테 전화 한번 해 주시면 안 돼요?"

"네가 해, 여자 친구라며? 난 남녀 관계에는 끼어들지 않는 게 원칙이라……."

"아, 그런 게 아니라요……. 정말로 연락이 안 된다니까요?"

호랑은 눈을 깜박이며 서윤을 무심히 보고 있을 뿐이었다. 서윤이 눈을 피하자, 스튜디오 문 닫히는 소리가 경쾌하게 났다.

'전화해 주는 게 그렇게 어려워요? 사라졌단 말이에요, 눈사람이 녹아 버리는 것처럼…….'

중얼거리다가 서윤은 더럭 겁이 났다. 정말로 휘곤이 눈사람처럼 순식간에 물로, 다시 수증기로 변해 흩어졌을 것만 같았다. 서윤은 몸을 부르르 떨고는 얼른 전화를 꺼냈다. 끝없이 이어지는 통화 연결음에 서윤은 점점 울상이 되었다.

17.

울고 싶어

"서윤아, 담임이 같이 오래."

체리의 목소리에 서윤은 반사적으로 휘곤의 빈자리를 보았다. 순간, 숨이 막히는 것 같았다. 웃음기 없는 체리의 표정이 어딘가 슬퍼 보였다. 체리가 자신을 부른 것이 오랜만이라는 생각이 들었다. 서윤이 엎드려 있을 때 체리는 다이어트 때문이라고 생각하는 것 같았다. 하지만 사실은 체리가 휘곤에 대해 물어볼까 봐 두려워 피하는 중이었다. 서윤이 휘곤에게 자기와 사귀라고 했다는 것을 알게 되면(그냥 예로 든 것이라 할지라도), 용서하지 않을 것 같았다. 서윤은 학교에 가기가 싫었다. 늘 비어 있는 휘곤의 자리도, 가끔 의아해하는 체리의 커다란 눈동자도 부담스럽기만 했다.

"……왜?"

서윤은 간신히 물었다. 갑자기 담임이 부르다니, 이보다 더 불길한 일은 없다는 생각만 들었다. 체리는 서윤의 말을 듣지 못한 것 같았다. 체리와 함께 교무실로 향하는 동안 서윤은 토할 것 같았다.

"왜 우리를 불렀을까?"

서윤의 질문에 체리는 잠시 생각해 보더니 낮은 목소리로 속삭였다.

"혹시…… 김휘곤?"

"응?"

서윤의 목소리가 복도를 울릴 정도로 컸다. 체리는 예상치 못한 서윤의 반응에 놀란 듯 주위를 돌아보았다.

'휘곤이가 설마…….'

겁이 난 나머지 서윤의 입술이 바르르 떨렸다. 체리는 서윤의 상태를 눈치채지 못한 듯 성큼성큼 교무실로 들어섰다. 담임이 책상 위에 파일 하나를 올려놓았다.

"이거 다음 주 월요일까지인데, 너희한테 준다는 걸 깜박해서. 준비는 잘되고 있니?"

파일에는 "전국 학생 창의 영상 공모전 신청서"라고 써 있었다. 잔뜩 떨고 있던 서윤은 순식간에 멍해졌다. 체리는 그 파일이 무엇인지 알고 있는 듯 "네."라고 대답하며 파일을 받았다. 담임은 고개를 끄덕이더니 두 사람을 향해 가 보라는 손짓을 했다. 체리가 돌아서는 찰나, 서윤은 주먹을 꽉 쥔 채 담임을 노려보았다.

"선생님, 어떻게 이럴 수가 있어요?"

담임과 체리가 놀란 표정으로 서윤을 보았다. 너무도 편안해 보이는 담임의 늘어진 턱선과 갓난아이처럼 순수한 체리의 눈동자를 보니 서윤은 자신도 모르게 눈물이 날 것 같았다. 서윤의 눈시울이 뜨거워지자, 담임이 당황한 표정으로 티슈를 건네주었다.

"민서윤, 왜 그래? 선생님한테 할 말 있어?"

"이거, 개피곤…… 아니, 김휘곤이 나가자고 한 공모전이잖아요? 김휘곤이 사라졌는데, 어떻게 아무렇지도 않게 이런 걸 우리한테 주실 수 있냐고요?"

"……김휘곤이 사라졌다니 무슨 말이야? 혹시 결석 말이니? 가만있자, 오늘이 금요일인가? 다음 주 월요일, 늦어도 화요일엔 나올 거야. 어젠가 오늘인가가 발인이라고 했으니."

체리가 고개를 갸웃거렸다.

"발인이 뭐예요, 선생님?"

"장례식 마지막 날에 하는 거. 휘곤이 할머니가 돌아가셨는데, 너희들 몰랐니? 아아, 내가 조회를 안 해서 몰랐나 보구나."

생각지도 못한 이유였다.

"그럼, 사라진 게 아니라 정식으로 결석한 거예요?"

"그래. 연휴 전날인가, 할머니가 위독하시다는 전화 받았다고 해서 조퇴증 끊어 줬는데, 결국 돌아가셨다고 하더라. 난 너희끼리는 알고 있다고 생각했지. 신청서는 다음 주 화요일 우편 소인이 찍힌 것까지만 받아 준다고 해서 너희한테 맡기는 거야. 원래 휘곤이가 한다고 했지만, 정신이 없을 거 아냐.”

월요일 아침, 서윤은 교실로 들어서다 익숙한 실루엣을 보았다. 며칠 사이 버릇처럼 흘깃거리게 된 그 자리가 오랜만에 채워져 있었다. 서윤은 성큼 교실 안에 발을 들여놓다가 멈칫했다. 이미 틀린 것을 알고 있는 문제의 답안지를 확인하려는 것처럼 기분이 한없이 처졌다. 몇 초간 움직이지 못하고 우물쭈물하던 서윤은 그 실루엣이 막 깨어난 곰처럼 몸을 뒤척이는 찰나, 자신도 모르게 뒷걸음치며 도망가고 말았다.

'왜 도망을 쳤지?'

화장실 거울 속 자신을 멍하니 들여다보며 서윤은 질문에 답을 찾았다. 하지만 처음 보는 영어 단어처럼 질문은 머리 주위를 맴돌 뿐이었다. 휘곤의 뒷머리가 조금 길어졌다는 생각이 들었다. 하지만 확실하지는 않았다. 휘곤의 머리 길이가 원래 어느 정도였는지 생각나지 않았다. 아니, 휘곤의 모습을 제대로 본 적이 없다는 생각도 들었다. 웃는 얼굴이 예쁘다던 호랑의 목소리가 갑자기 들렸다. 호랑은 그 말을 휘곤에게 들었다고 했다. 거울 속 얼굴이 눈에 들어왔다.

'걔는 뭘 본 거지? 귀엽다니, 어디가?'

서윤은 이마에서부터 턱까지 얼굴을 하나하나 뜯어보았다. 특별히 못생긴 것 같지는 않았지만, 그렇다고 예쁜 것 같지도 않았다. 서윤은 시험 삼아 씩 웃어 보았다. 별로 예뻐 보이지 않았다. 이번에는 이가 살짝 보이도록 미소를 지어 보았다. 어색했다. 주위에 아무도 없는 것을 확인한 후, 입을 크게 벌리고 "하, 하, 하" 소리를 내 보았지만 도대체 어디가 예쁘다는 건지 휘곤에게 묻고 싶은 심정이었다. 그때 누군가 화장실 문을 벌컥 열고 들어왔다. 체리였다.

"민서윤, 민서윤! 여기 있었어? 김휘곤 왔어!"

서윤은 바보같이 웃고 있는 표정을 들키지 않아 다행이라 생각했다. 하지만 표정을 지울 시간이 부족해 무뚝뚝한 표정이 되어 버렸다. 서윤은 심술궂은 거울을 노려보고는 체리를 향해 고개를 돌렸다.

"응, 봤어."

"휘곤이는 너 못 봤다고 하던데? 휴대폰 꺼진 줄도 몰랐대. 공모전 얘기를 했더니, 네가 하기 싫어할 거라고 하더라. 그래서 어제 둘이 신청서 써서 담임한테 줬다는 얘기까지 해 줬어. 담임이 그러는데 휘곤이가 보충 촬영도 금방이라고 했대. 그래도 연습은 필요하겠지?"

"연체리!"

서윤은 한숨처럼 낮은 목소리로 체리의 이름을 불렀다.

'그렇게 다 말해 버리면 난 무슨 얘기를 하란 말이야?'

말 걸 구실을 다 없애 버린 것이 원망스럽기는 했지만, 체리 탓을 할 수는 없었다.

'민서윤, 꼴좋다. 체리에게 다 털어놓았다면 체리가 눈치 없이 굴지는 않았을 거 아냐. 하지만 넌 아무 말도 못 했겠지. 앞으로도 절대 못 해. 그 말을 들었다면 체리는 나랑 절교하고 전

학을 가 버렸을걸? 아, 휘곤이한테 말하지 말아 달라고 부탁해
야 하나? 아냐, 그런 말을 어떻게 해? 어쨌든 나는 휘곤이를 위
해…… 아냐, 그래도 내가 잘못한 거야. 사과는 못 하겠지만.'

서윤은 뭐가 좋은지 재잘대는 체리에게 귀 한쪽을 내준 채
터벅터벅 교실로 들어갔다. 떨리는 마음으로 휘곤을 보았지만,
휘곤은 구부정하게 앉아 앞만 보았다. 그리고 1교시가 시작되
었다.

점심시간 종이 울리자, 휘곤은 45도 정도로 굽어 있던 등을
90도로 접어 버렸다. 서윤은 아이들이 빠져나갈 때까지 일어
날 기미가 보이지 않는 휘곤을 보며 용기를 냈다.

"김휘곤, 야……."

불러도 움직이지 않던 휘곤은 서윤이 손가락으로 등을 꾹꾹
누르자 나무늘보 같은 속도로 고개를 옆으로 돌렸다.

"점심시간이야."

휘곤의 고개가 다시 제자리로 돌아가고 있었다. 서윤은 두
손으로 휘곤의 고개를 붙잡고 싶은 것을 참으며 말했다.

"점심 안 먹을 거냐고……."

"응……."

휘곤은 할 말 없다는 듯 다시 눈을 감았다. 서윤은 황급히 말
했다.

"할 말 있어."

"뭔데?"

"여기서 말고 운동장에서 말이야."

휘곤은 천천히 상체를 일으키며 주위를 둘러보았다.

"아무도 없는데?"

"교실은 냄새가…… 아니, 답답하단 말이야. 듣기 싫으면 말고."

"졸린데……. 알았어."

휘곤은 천천히 일어서더니 서윤을 기다리지 않고 먼저 교실 밖으로 나갔다. 서윤은 자리에서 천가방을 챙겨 서둘러 휘곤의 뒤를 따라갔다. 휘곤은 운동장 한가운데 웅크리고 앉아 아이처럼 나뭇가지로 낙서를 하고 있었다.

"괜찮아?"

휘곤은 눈이 부신 듯 이맛살을 찌푸리며 서윤을 올려다보았다.

"뭐가?"

"할머니……."

서윤은 차마 뒷말을 이어 갈 수 없었다. 휘곤은 한숨을 쉬며 아무 말 없이 다시 낙서를 시작했다. 휘곤이 아무 말도 하지 않자, 서윤도 쉽게 입을 열 수 없었다. 서윤은 천가방을 만지작거리며 햇살에 머리통이 점점 뜨거워지는 것을 느끼고 있었다. 평소라면 나무가 그늘을 만들어 주는 벤치도, 지붕이 있는 구령대도 아닌 프라이팬 한복판 같은 운동장 가운데에 자리 잡은 휘곤에게 한마디 했을 테지만, 지금은 어떤 말도 하기 힘들었다. 몇 분이나 지났을까, 정수리가 타들어 가는 느낌이 들 즈음 휘곤이 서윤을 올려다보았다.

"……할 말 있다면서?"

"보충 촬영, 언제 할 거냐고?"

"아, 그거……. 안 하려고."

"안 한다고? 왜?"

"넌 원래 하고 싶어 하지 않았잖아. 나도 이젠 상관없다는 생각이 들어서."

"체리는?"

"체리는 그거 아니어도 상 받은 게 많으니까……."

"야, 김휘곤! 일단 하기로 했으니까 열심히 해야 하는 거 아냐?"

"열심히 해 봤자 이젠 할머니한테 보여 줄 수도 없고……."

"뭐? 그럼 넌 할머니 때문에 하려고 했다는 거야? 말로는 내 칭찬을 해 놓고?"

서윤은 갑자기 화가 났다. 지금까지 미안해한 것이 억울했다.

"네가 잘한다는 건 진심이야. 하지만 넌 동영상 찍는 거 싫어하잖아. 호랑 선생님한테 말씀드렸더니, 아무리 칭찬이라도 상대가 싫어하는 걸 자꾸 하면 안 된다고 하더라. 그래서 동영상도 내렸어. 너한테는 미리 알려 주지 못했지만……. 아무튼 우리 할머니는 내가 상을 받으면 엄청 좋아하거든. 그래서 내가 더 욕심을 부렸어. 미안했다. 넌 원래 싫어했으니까, 공모전에 안 나가도 상관없겠지."

"그런 게 어디 있어? 나는 이제 나가기로 마음먹었어."

"하지만 그거 입상하면 교육청 사이트에 올라간단 말이야. 유튜브는 아니지만, 아무튼 검색될 거라고."

휘곤이 의아한 눈빛으로 서윤을 올려다보았다.

"그, 그렇지만, 나도 내 장점이 뭔지 알아볼 겸 해 보려는 거야."

"갑자기?"

"호랑 님 만나 봤어. 그런 사람이 인정해 주는 거 보니까, 정말 재능이 있는지도 모른다는 생각이 들었다고."

"아아…… 선생님 만났구나."

"그래! 그래서 그다음부터 요리 연습도 했는데, 내가 다이어트 하는데도 연습했는데……. 네 맘대로 관두게 내버려 둘까 봐?"

서윤은 천가방을 휘곤 앞에 내려놓았다. 호랑 때문에 요리 연습을 했다는 것은 거짓말이었지만, 자신이 얼마나 예쁜지 알아 오라는 말은 호랑이 준 초콜릿처럼 계속 신경이 쓰였다. 그날 이후 서윤은 요리를 다시 시작했다. 그러자 레시피북도 다시 채워지기 시작했다. 옷장을 열 때마다 두 박스나 되는 다이어트 주스가 신경 쓰이지 않은 것은 아니지만, 앞으로 먹을 일이 없다는 것만은 확실했다.

"이게 뭐야?"

휘곤은 바닥에 놓인 서윤의 천가방을 들더니 바닥에 묻은 흙을 털었다. 서윤은 속에 있는 것을 확인하기도 전에 가방부터 챙기는 휘곤이 여전하다는 생각이 들어 답답했다. 하지만 한편으로는 반갑기도 했다.

"안을 보란 말이야."

서윤의 말을 듣고 나서야 휘곤은 가방 안에서 도시락통을 꺼냈다.

"열어 봐. 혹시 너 오면 주려고, 아니 담임이 너 오늘 올 거라고 해서, 그래서 만들었어."

서윤의 말투에 자랑스러움이 배어났다. 금요일에 담임의 이야기를 들은 뒤, 아이디어를 짜내 만든 도시락이었던 것이다. 사과의 의미는 아니지만, 도시락을 보면 휘곤이 전처럼 좋아할 것 같았다. 하지만 휘곤은 도시락을 바닥에 내려놓은 채 가만히 고개를 숙이고 있을 뿐이었다.

"얼른 열어 보라니까. 이리 줘 봐."

답답한 마음에 서윤은 도시락 뚜껑을 열어 휘곤 앞에 놓았다. 도시락 안에는 공 모양의 흰색 청포묵과 꽃잎 모양의 빨강 파프리카, 실패 모양의 미나리초, 오징어먹물 튀김옷을 입은 고기 완자가 섞여 있었고, 그 위에 노란색 달걀지단이 민들레처럼 뿌려져 있었다.

"네가 탕평채, 탕평채, 노래를 했었잖아. 공모전에는 새로운 탕평채를 만들어도 좋을 것 같아서 일단 샘플로 만들어 본 거야. 네가 처음으로 맛을 봐 줬으면 해서. 이름은 탕평볼이 어떨까 해. 이거 만드는 데 시간은 좀 걸리지만 훨씬 예쁜……. 야! 너 뭐 하는 거야?"

자랑스레 설명하던 서윤은 깜짝 놀라고 말았다. 가만히 도시락을 내려다보던 휘곤이 도시락을 옆으로 밀었다. 그 바람에 도시락이 옆으로 쓰러지면서 탕평볼 몇 개가 흙바닥에 도르르

굴러 나왔다. 깜짝 놀랐는지 휘곤의 손이 움찔했다. 하지만 서
윤의 목소리가 더 먼저였다.

"야, 개피곤! 뭐 하는 짓이야? 기껏 만들어 줬더니!"

서윤이 소리 지르자, 휘곤도 고개를 들어 서윤을 노려보았다.

"누가 이런 거 해 달래?"

서윤은 어안이 벙벙했다. 한 번도 본 적 없는 휘곤의 모습이
었다. 서윤은 당황한 것을 들키지 않기 위해 더 큰 소리로 따지
기 시작했다.

"해 달라고 했잖아! 매일 접시 사러 가자고 귀찮게 한 것도
이거 담으려고 그랬던 거 아냐? 만드느라 얼마나 힘들었는지
알아? 먹기 싫으면 안 먹으면 그만이지, 왜 음식을 버리냐고?
그동안 미치기라도 한 거냐?"

"이제 와서 만들어 오다니, 너야말로 미친 거 아냐? 내가 해
달라고 할 때는⋯⋯."

기세 좋게 소리를 지르던 휘곤의 목소리가 낮아지더니 점점
떨리고 있었다. 그러고는 고개를 푹 숙였다. 서윤은 잠시 머뭇
거리다가 휘곤의 얼굴을 확인하기 위해 허리를 숙였다. 하지만
무릎 사이에 고개를 묻은 휘곤의 눈을 확인할 수는 없었다.

"야, 개피곤 뭐야⋯⋯. 그때는 뭐?"

서윤은 걱정하는 티를 내고 싶지는 않았지만, 목소리가 낮아
지는 것은 어쩔 수 없었다.

"⋯⋯내가⋯⋯ 해 달라고 할 때는⋯⋯ 내가⋯⋯ 할머니한
테⋯⋯."

휘곤의 목소리가 기어 들어가더니 코를 훌쩍이는 소리만 들렸다. 서윤은 왠지 겁이 났다.

"야, 너 울어? 김휘곤, 우는 거야?"

서윤은 휘곤 앞에 무릎을 접고 앉아 엄지와 검지손가락으로 휘곤의 앞 머리카락을 집어 올렸다. 휘곤은 서윤의 손을 뿌리쳤지만, 서윤은 멈추지 않고 이번에는 두 손으로 휘곤의 앞머리 전체를 위로 올려 버렸다.

"에이 씨! 하지 말라고!"

휘곤이 짜증을 내며 서윤의 손을 뿌리치는 순간, 서윤은 휘곤의 머리통을 꽉 잡았다. 억지로 들어 올려진 휘곤의 얼굴은 눈물로 번들번들 젖어 있었다. 서윤은 두 손에 힘이 빠졌다.

"와, 김휘곤, 울었어! 왜, 갑자기, 뭐야? 도시락 던진 건 넌데, 왜 네가……."

"할머니한테 잔뜩 자랑을 해 놨단 말이야. 세상에서 제일 번쩍이는 금 접시에다가 맛있는 탕평채 담아 주겠다고. 할머니가 먹방 찍으면 맛있게 먹어 준다고 했어. 상 받으면 상금은 다 할머니한테 주기로 했었단 말이야."

휘곤의 말을 듣느라 서윤은 귀를 쫑긋 열어야 했다. 두 눈에서 줄줄 흐르는 눈물이 자꾸 휘곤의 입에 들어가 말소리가 뭉개지는 데다 중간중간 훌쩍거리며 코를 마시는 통에 잘 들리지 않았다. 하지만 할머니라는 말은 또렷하게 들렸다. 서윤은 함께 울고 싶은 기분이었다. 이번에도 휘곤이 아니라 자신이 잘못했다는 생각이 들었다. 하지만 서윤은 티를 내지 않기 위해 중얼거렸다.

"야, 그런 거였으면 말을 했어야지! 그러면 내가 해 줬을 거 아냐?"

서윤의 말에 휘곤은 이제 얼굴을 감추는 것도 포기한 채 울먹이며 소리를 질렀다.

"나도 몰랐단 말이야. 할머니가 이렇게 갑자기 돌아가실 줄은! 그러니까 네가 내 말 좀 들어줬으면 좋았잖아. 내가 접시 사러 가자고 할 때 같이만 갔어도……. 너는 바보같이 다이어트 같은 거나 한다고 탕평채는 만들 생각도 없지, 접시 사러 가자고 해도 모르는 척만 하지……. 그래도 공모전 동영상 찍고 나면 할머니한테 갖다줄 수 있을 줄 알았어. 맨날 밥도 안 드셨는데, 아파서 그런 줄도 모르고, 나는……."

휘곤은 이제 고개를 숙인 채 엉엉 소리를 내며 울었다. 그 모습을 보자 서윤도 눈물이 터져 나왔다.

"……김휘곤, 미안해. 나도 몰랐어, 너네 할머니가 그렇게 빨리 돌아가실 줄은……. 지금이라도 접시를 사서……. 아, 아니야."

울먹이던 서윤은 갑자기 튀어나온 말에 놀라 얼른 입을 다물었다. 팔뚝으로 눈물을 훔치던 휘곤이 서윤을 건너다보았다. 두꺼비처럼 끔벅이는 휘곤을 보다가 서윤은 벌떡 일어섰다. 휘곤은 의아한 표정으로 서윤을 올려다보았다.

"지금이라도 사러 가자고?"

"아니, 아니야!"

서윤은 눈가에 번진 눈물을 얼른 훔치고는 서둘러 돌아섰다. 하지만 휘곤이 돌아서는 서윤의 어깨를 잡았다.

"뭐가 아니라는 거야?"

서윤은 벗어나려 했지만, 휘곤의 힘이 의외로 강했다. 서윤은 짜증스레 돌아섰다.

"지금은 안 된다고."

"왜?"

"그, 그건…… 지금은 돈 없어! 그래서 지금은 못 사러 가."

"돈이 왜 없어? 그때 내가 너한테 지갑을 줬잖아. 그리고 나한테 5만 원 더 있……."

"그러니까, 그 지갑의 돈을 내가 빌려 썼다고! 이번 주말에 용돈 받으니까 그때 사러 가면 돼. 공모전 시한은 아직 남았으니까."

"잠깐, 민서윤. 이해가 안 돼. 돈을 빌려 썼다고? 나한테 아무 말도 안 했잖아."

"우, 우선 써도 되는 거 아냐? 어차피 곧 채워 둘 거였단 말이야."

"난 아무 데나 쓰라고 준 게 아니잖아. 돈을 빌리는 거라면 나한테 말은 했어야지. 접시가 아니면 그 돈을 어디에 썼다는 거야?"

"다이어트…… 다이어트 주스 사려고 잠깐 썼다. 어차피 금방 갚을 건데 그런 걸 다 말했어야 하냐? 그럴 거면 왜 지갑을 나한테 줬어? 그러니까, 다 네 잘못이야."

서윤은 스스로 말도 안 된다고 생각하며, 하지만 왠지 화가 잔뜩 난 채 성난 걸음으로 운동장을 가로질렀다. 휘곤이 쫓아올까 봐 불안했다. 다행히 휘곤이 쫓아오는 기색은 없었다. 서윤은 더 빠른 걸음으로 운동장을 빠져나와 교사 안으로 뛰어들었다. 한참 계단을 오르다가 궁금해서 운동장을 내려다보니 휘곤은 여전히 운동장에 서 있었다. 울고 있는지 신경이 쓰였는데, 아까처럼 웅크리고 있는 것이 아니라 허리를 숙인 채 뭔가 낙서를 하고 있었다.

'아무튼 멍청한 건 여전하다니까.'

서윤은 고개를 절레절레 흔들며 교실까지 올라갔다. 체리가 복도 창에 기댄 채 운동장을 내려다보고 있었다. 서윤이 팔짝 뛰어 다가가는데, 체리가 또박또박 이렇게 중얼거렸다.

"민, 서, 윤, 돈, 갚, 아…… 저거 너냐, 민서윤?"

체리가 손가락으로 운동장을 가리켰다. 운동장에는 더 이상 휘곤이 없었다. 하지만 휘곤이 있던 자리에 커다랗게 글자가 씌어 있었다.

"민서윤, 너 누구한테 돈 빌렸어?"

서윤은 상체를 복도 창으로 잔뜩 내밀어 휘곤의 모습을 찾았다. 당장 운동장으로 뛰어 내려가 낙서를 지우고 싶었지만, 마침 예비 종이 울렸다. 휘곤이 교실로 올라올 시간이었다.

18.
보충할 것들

"너희는 말이지, 고딩 같지가 않아. 체리 엄마는 딸내미가 여기서 요리나 하고 있다는 걸 알까 몰라. 기말고사 특강 때문에 스케줄 복잡하다고 울상이던데."

현관에서 구두를 신으며 엄마가 잔소리를 늘어놓았다.

"그러는 엄마도 고딩 엄마 같지 않거든?"

서윤도 지지 않고 툴툴거렸다.

"아줌마, 우리 엄마한테는 비밀이에요."

체리가 애교를 떨며 서윤 엄마를 배웅했다. 딸처럼 엘리베이터 앞까지 나가서 살갑게 굴던 체리가 서윤에게 다가와 혀를 찼다.

"너는 정말 나쁜 딸이야. 너희 엄마처럼 스트레스 안 주는 엄마가 어디에 있다고……."

"이걸 보고도 그런 말이 나와? 내가 그렇게 건드리지 말라고 했건만, 기어코 여기에다가 김치볶음밥을 담다니⋯⋯. 고딩 엄마 같지 않은 게 누군데⋯⋯."

서윤은 짜증을 내며 주방 바닥에 주저앉아 수세미로 유기 접시를 문질렀다. 오늘밖에 보충 촬영 시간이 없다고 체리가 모두를 불러 모았다. 하지만 촬영은 핑계고 맛있는 점심을 먹으며 휘곤을 위로해 주자는 것이 체리의 아이디어였다. 서윤은 체리가 도와준다는 조건으로 포토푀를 끓이기로 했다. 시간은 오래 걸리지만, 기운 없을 때 먹으면 좋은 음식이었다.

포토푀가 끓은 지 세 시간이 지났을 무렵, 휘곤이 초인종을 눌렀다.

"어서 와, 김휘곤. 냄새 좋지? 오늘의 메인 디시는 부케가르니 포토푀야. 한번 먹으면 불끈 힘이 나서 기말고사 정도는 금방 통과할 만한 보양식이지. 후식은 딸기 바바로아."

체리의 수다스러운 환영에도 휘곤은 그저 "안녕." 하고 들어와 가방에서 카메라를 주섬주섬 꺼낼 뿐이었다. 서윤은 식탁 주위에 조명을 세우는 휘곤에게 보라는 듯 반짝반짝 빛나는 유기 접시를 올려놓았다. 하지만 휘곤은 보지 못한 듯 카메라만 들여다볼 뿐이었다.

"김휘곤, 일단 손 씻고 와."

체리는 휘곤의 등을 밀며 거실로 갔다. 그리고는 자랑스러운 표정으로 거실 테이블을 가리켰다. 테이블에 놓인 포크와 나이프는 체리 엄마가 프랑스 어딘가에서 사 온 선물이었다. 보통은 특별한 날에만 꺼내지만, 서윤은 체리가 그릇장에서 꺼내는 것을 보고도 모르는 체했다. 하지만 김휘곤은 멀뚱히 상을 내려다볼 뿐 체리가 왜 자랑스러운 표정인지 전혀 알아채지 못했다. 서윤은 시무룩한 휘곤의 표정이 마음에 안 들었지만, 뭐라고 해야 할지 몰라 베란다로 나갔다.

"서윤아, 어디 가?"

"부케가르니 넣을 차례야."

서윤은 퉁명스럽게 말하고는 베란다 문을 닫아 버렸다. 서윤의 엄마는 집에 요리 냄새가 배는 것을 싫어해서 냄새가 많이 나는 요리를 할 때는 항상 베란다 문을 닫아야 했다.

"무슨 냄새야?"

갑자기 베란다 문이 열리며 휘곤이 고개를 내밀었다.

"포토푀 냄새. 나오든지 들어가든지 둘 중 하나만 할래?"

서윤의 말에 휘곤은 느릿느릿 베란다로 나왔다.

"부케가르니가 뭐야?"

휘곤의 스스럼없는 태도에 서윤은 기분이 조금 좋아졌다.

"이리 와 봐."

서윤은 휘곤을 데리고 베란다 안쪽 창고 문을 열었다. 서랍 하나를 열자 휘곤의 코가 벌름거렸다. 서윤은 으쓱한 기분이 들었다. 서랍 속에 조심스레 간직한 허브들은 향기가 너무 진해 항상 용기 밖으로 새어 나왔다. 그래서 서랍을 열 때마다 기분이 좋아졌다. 서윤은 대파 줄기를 깔고 그 위에 월계수 잎과 파슬리를 놓았다. 그러고는 길이에 맞춰 셀러리를 잘라 냈다.

그리고 모아 놓은 허브를 무명실로 단단히 묶었다.

"결혼식 때 신부가 드는 꽃을 부케라고 하잖아. 원래는 꽃이 아니라 이렇게 허브 다발이었대. 꽃으로 만든 부케가 예쁠지는 몰라도 이 부케처럼 향이 좋을 수는 없을걸? 게다가 맛까지 좋게 해 주고 말이지……."

"허브라는 게 풀이었구나. 나는 조미료 같은 건 줄 알았는데……."

휘곤이 서랍장을 신기한 듯 들여다보았다.

"어떤 사람들은 허브를 심기도 한다는데, 나는 엄마 때문에 못 하고 있어. 앞마당 있는 집에 살면 얼마든지 키울 수 있을 텐데……."

"우리 집…… 아니, 할머니 집에는 마당이 있었는데……."

서윤은 할머니라고 말하는 휘곤의 표정을 잠깐 살피고는 얼른 허브 묶음을 만지작거렸다.

"사실 다른 풀을 묶어도 되지만 포토피에는 이게 좋은 것 같아. 체리는 셀러리를 싫어하는데, 이건 잘 모르고 먹더라? 허브가 되게 신기해. 싫어하는 것들이라도 잘만 묶으면 다 쓸모가 있거든. 다른 걸 묶어도 되지만 중요한 건 이게 빠지면 안 된다는 거야."

"이 풀들은 어떻게 먹어?"

"먹지는 않아. 허브는 말 그대로 향기만 쓰는 거거든. 하지만 이 향기가 없으면 포토피에가 아니라 그냥 고깃국이 될 뿐이지. 재미있지 않니? 고기나 커다란 채소가 주인공인 것처럼 보이는데, 결국 그 요리의 이름을 결정하는 게 보이지도 않는 향기라는 게."

휘곤은 알 듯 모를 듯한 표정을 지으며 고개를 끄덕였다.

"자, 이제 들어간다. 개봉박두!"

서윤은 미소를 지으며 부케가르니를 포토푀 솥에 넣었다. 냄비에서 매력적인 향이 풍겨 나왔다.

"맛있겠지?"

"음……. 그런데 우리 촬영은 언제 해?"

"당연히 밥 먹고 나서지."

"밥……. 배, 별로 안 고픈데……. 촬영부터 먼저 하자. 내가 체리한테 물어볼게."

휘곤은 서윤이 뭐라 답하기도 전에 집 안으로 들어가 버렸다. 서윤은 갑자기 힘이 빠졌다. 솥뚜껑을 들고 있던 오른손이 아래로 처지며 싱크대에 요란한 소리를 내며 부딪쳤다. 서윤은 갑자기 신경질이 났다.

'뭐야? 쪼잔하게 아직도 화가 안 풀린 거야?'

기분이 나빠진 서윤은 부글부글 끓는 포토푀 냄비의 불을 꺼 버렸다. 그러고는 베란다 문을 확 열어젖혔다. 거실에서는 체리가 휘곤과 이야기를 나누고 있었다.

"무슨 소리야? 포토푀 만드느라 몇 시부터 애썼는줄 알아? 저건 몇 시간이나 푹푹 끓여야 나는 맛이라고. 고급 레스토랑에 가도 이런 맛은 보기 힘들걸?"

"하지만 입맛이 없어……. 촬영을 안 할 거라면 난 집에 가고 싶어."

휘곤은 시무룩한 표정으로 중얼거렸다. 서윤은 휘곤이 여전히 자신에게 화가 난 것이라 확신했다.

"됐어! 먹기 싫다면 그냥 가도 돼."

체리는 서윤에게 눈치를 주며 휘곤을 거실 탁자에 앉혔다.

"휘곤, 오늘 보충 촬영하기로 했잖아. 너는 몰라도 우리는 배고프다고. 어차피 점심은 먹어야 하니까, 먹고 하자, 응?"

체리가 휘곤을 어린 아기처럼 달래자 서윤은 비위가 상했다.

"김휘곤, 먹지 마! 포토푀가 아까워. 나도 다 안 할 거야!"

서윤이 화를 내자 체리가 말렸다.

"그만해. 아무튼 둘 다 앉아 있어. 내가 상 볼게."

체리가 쩔쩔매며 서윤도 탁자에 앉혔다. 서윤은 혼자 냉장고로 가는 체리를 볼 수 없어 함께 음식을 날랐다. 포토푀, 닭강정, 바바로아, 빵……. 오랜만에 만든 요리가 한 상 가득이었지만, 휘곤은 스푼과 포크와 나이프 중 어떤 것을 들어야 할지 모르는 사람처럼 고개를 숙이고 있을 뿐이었다. 서윤은 무시당하는 느낌이라 화가 났고, 체리는 그런 둘을 지켜보느라 음식은 뒷전이었다. 서윤은 휘곤에게 한바탕 퍼부어 주고 싶은 마음을 꾹 누르고 세상에서 가장 맛없는 음식인 듯 식사를 했다.

19.
헷갈려

"딸, 거실에 있었네? 왜 불도 안 켜고……. 아니, 민서윤! 집 안 꼴이 대체……. 냄비는 왜 나와 있어? 이 설거지들은 다 뭐고?"

갑작스런 불빛과 엄마의 부산한 몸놀림에 서윤은 눈을 떴다. 한숨 섞인 엄마의 목소리와 그릇 부딪치는 소리가 뒤섞였다.

"서윤아, 어디 아파?"

한참 잔소리를 늘어놓던 엄마가 무릎에 손을 대자 서윤은 그제야 정신이 들었다.

"어, 엄마……. 오늘 늦게 온다고 하지 않았어?"

"너 아픈 거 아니지?"

"응, 안 아파."

"다행이네. 너 대신에 내가 아프게 생겼지만. 딸, 너 양심도 없다. 주말에 8시까지 일한 엄마가 집에 와서까지 일을 해야 하니?"

소파에서 몸을 일으킨 서윤은 캄캄해진 베란다 바깥의 풍경과 시계를 번갈아 보았다. 그제야 낮에 있었던 일들이 떠올랐다. 원래는 설거지를 한 다음 촬영을 하려고 했었다. 하지만 점심 식사를 망친 서윤은 휘곤이 꼴 보기 싫었다. 그래서 촬영부터 하자고 고집을 부렸다. 촬영을 하는 동안 체리가 서윤과 휘곤의 눈치를 보는 것 같아서 서윤은 먼저 마음을 풀기로 했다. 그래서 일부러 웃는 표정으로 촬영도 하고 농담도 했는데, 휘곤은 계속 시무룩했다. 서윤은 그것도 참으면서 마지막까지 최선을 다했다. 그런데 휘곤이 갑자기 화를 내더니 가 버렸던 것이다. 버럭 소리를 지르는 바람에 서윤과 체리는 순간 멍해졌다. 뒤늦게 정신을 차린 체리가 휘곤을 따라 밖으로 나갔고, 서윤은 멍하니 소파에 주저앉아 생각에 잠겼다.

아무리 생각해도 이해할 수 없었다. 휘곤을 위해 맛있는 점심도 만들고, 휘곤이 하고 싶어 했던 보충 촬영도 하고, 심지어 마음에도 없는 농담으로 기분도 풀어 주려고 했는데 왜 마지막에 그렇게 끝이 났는지 알 수 없었다. 너무 오래 생각을 해서인지 서윤은 기운이 쭉 빠졌다. 잠시 누워서 생각을 계속하려고 했는데, 자신도 모르게 잠이 들어 버렸다. 잘 잔 덕인지 더 이상 화는 나지 않았다. 서윤은 설거지를 하고 있는 엄마 곁으로 가 마른행주질을 시작했다.

"엄마, 엄마는 밥맛 없었던 적 있어?"

"힘들게 일하고 왔는데 일거리가 쌓여 있을 때."

엄마는 서윤을 쳐다보지도 않고 빠른 손놀림으로 그릇을 닦았다.

"미안, 엄마. 그런데 농담 아니고, 정말로."

서윤이 몸을 기대며 코맹맹이 소리를 내자 엄마는 그제야 서윤을 보았다.

"다이어트 이야기야?"

"아니, 그것도 그거지만⋯⋯. 내가 어떤 애한테 밥맛 없는 비결이 뭐냐고 물었거든? 그런데 엄청 화를 내더니 소리를 지르는 거야. 그게 그렇게 소리를 지를 일이야?"

"체리가 화를 냈다고?"

"아니. 체리 얘기가 아니라, 다른 애. 평소에 엄청 잘 먹는 애거든, 걔가. 특히 내가 만든 도시락은 없어서 못 먹는 애였단 말이야. 그런 애가 갑자기 아무것도 먹지 않겠다고 하니까, 왜 그런지 궁금한 게 당연한 거 아냐?"

"응, 궁금했겠네."

"그렇지? 그래서 내가 어떻게 밥맛이 없어졌냐고 물어봤는데 갑자기 화를 내는 거야."

"화를 냈다고? 이상하네⋯⋯. 다른 건 없었고?"

"없어. 난 그냥 순수하게 궁금해서 물어봤을 뿐이라고."

"다이어트 때문이었구나? 다이어트는 이제 관심 없는 줄 알았는데?"

"관심 없는 건 아니지. 다이어트 성공하는 법을 아는 사람이 뭔가 알아내라고 해서 일단은 그걸 찾기로 했을 뿐이야. 하지만 밥맛이 없다면 그런 비결 같은 거 필요 없잖아."

"그렇지. 우리 민서윤은 밥맛이 너무 좋으니까."

"그걸 물어보는 게 그렇게 큰 잘못인가?"

"그 애는 왜 화를 냈다니?"

"몰라. 기분이 안 좋은 건 이해하지만……."

"원래는 안 그랬던 애라는 거지?"

"애들이 놀려도 맨날 히죽거리고, 내 도시락 먹으려고 내가 시키는 건 뭐든 다 해 준다고 하는 애였어. 그러니까 더 어이가 없어."

"그 애는 왜 기분이 안 좋은데?"

"얼마 전에 할머니가 돌아가셨거든. 할머니 돌아가시기 전에 나한테 음식 만들어 달라고 조르고 그랬어. 하지만 그때 나는 다이어트 중이었잖아. 할머니 드릴 거라고 사실대로 말했으면 내가 안 해 줬겠냐고. 그래도 불쌍한 생각이 들어서 기껏 음식을 해 줬는데……."

"그런데 밥맛이 없다고 했다고?"

"응. 엄마도 알지? 내가 새벽부터 얼마나 열심히 포토푀를 만들었는지……."

엄마가 수도꼭지를 내렸다. 갑자기 물소리가 사라지자 서윤도 입을 다물고 엄마를 보았다.

"서윤아, 할머니가 돌아가신 지 얼마 안 되었다면 밥맛이 없을 수도 있다고 생각하지 않아?"

"아…… 그건 나도 알지. 하지만 기분이 안 좋다고 화를 내는 건 좀 이상하잖아."

"가끔은 자신의 감정을 잘 모를 때도 있는 거야. 슬픈데 화를 낼 수도 있고."

서윤은 입을 꾹 다물었다. 엄마 말을 듣고 나니, 휘곤의 마음을 헤아려 주지 못한 것이 후회되었다.

"……어떻게 하지, 엄마?"

"사과하면 되지. 친구라면 나중에라도 이해해 주겠지."

서윤은 어질러진 주방과 거실을 치우고 방으로 돌아가 침대에 누웠다. 하지만 잠은 좀처럼 오지 않았다. 서윤은 말똥거리는 눈으로 천장을 가만히 올려다보다가 휴대전화를 들었다. 전화번호와 메시지 창을 번갈아 오가다가 메시지 창을 열었다. 맨 위에 체리와 휘곤이 함께 있는 모둠방이 있었고, 그 아래 체리와의 대화창이 있었다. 서윤은 대화창을 쭉 내리다가 '개피곤'이라는 이름을 보고는 얼른 스크롤을 올렸다. 그러고는 머뭇거리는 손길로 창 하나를 열었다.

체리야, 공부해?

답변을 기다리는데, 체리에게서 전화가 왔다. 서윤은 괜히 아, 아, 목을 풀고는 전화를 받았다.

"왜, 민서윤?"

"아, 그냥……."

"거짓말. 너, 휘곤이 신경 쓰여서 문자 한 거잖아."

"아니, 뭐……."

서윤은 말끝을 흐렸다. 체리의 숨소리가 들렸다.

"서윤아, 혹시 아직도 점심 일로 화났어?"

"아니, 그 반대."

"반대? 아무튼 지금은 화가 안 났다는 거야?"

"사실 아까는 걔가 소리를 지르는 바람에……. 화가 났던 건
아니야."

전화기 너머에서 큭큭대는 소리가 들렸다.

"이러니 저러니 해도 너희는 잘 어울려."

"갑자기 무슨 말이야?"

"아까 내가 휘곤이를 쫓아갔잖아. 그런데 걔도 그런 말을 하
더라고."

"무슨 말?"

"사실은 화가 난 게 아니라고."

휘곤이를 쫓아갈 때 체리도 화가 났었다고 했다. 점심 식사
부터 촬영 때까지 휘곤의 눈치를 본 게 억울했던 것이다.

"김휘곤, 너무하지 않아? 서윤이가 널 위해 얼마나 준비
를……."

체리는 휘곤을 따라잡자마자 따졌다.

"서윤이한테 화난 거 아냐. 걔가 한 말은 화가 났지만……."

"무슨 말?"

"밥맛 없는 비결이라니……. 걔는 밥맛만 없다면 누군가 돌
아가셔도 괜찮다는 말이야?"

"휘곤아, 그럴 리 없잖아. 서윤이가 그런 것까지 생각했겠어?"

휘곤은 힘없이 고개를 끄덕였다고 했다.

체리는 가만히 듣고 있는 서윤을 한 번 부르더니 계속 말을 이었다.

"휘곤이가 말하더라고. 자기는 할머니가 엄마보다 더 엄마 같다고. 대학도 할머니가 있는 강원도로 가려고 했었대. 할머니 모시고 살려고 말이야."

엄마라는 말에 서윤은 가슴이 탁 막히는 느낌이었다. 할머니가 엄마 같을 수 있다는 건 생각해 본 적도 없었다.

"내가 휘곤이한테 말했어. 너한테 사과하라고."

"헐, 왜 그런 말을 했어?"

"슬픈 건 슬픈 거고, 화를 낸 건 부당한 거니까."

서윤은 한숨을 쉬었다. 잘못한 주제에 사과까지 받으면 다시는 휘곤을 보지 못할 것 같았다.

"사과부터 하고 나서 정말 먹고 싶은 걸 만들어 달라고 하라고 했어."

"먹고 싶은 게 있대?"

"지금은 밥맛이 없겠지만, 조금만 지나면 곧 먹고 싶은 게 생길 거야. 생각나? 우리 처음 만났을 때, 초딩 때 말이야. 지금 생각해 보니까, 그때 아빠랑 헤어진 지 얼마 되지 않아서 나도 밥맛이 없었던 것 같아. 엄마는 그런 것도 눈치 못 챌 만큼 바빴고. 그런데 그때 네가 나한테 처음으로 밥상을 차려 줬잖아."

"언제?"

"언제인지는 모르겠는데, 처음 네가 차려 준 건 확실히 기억

해. 학교 끝나고 삼각 김밥이랑 라면 사려고 편의점 문을 여는데, 네가 내 팔을 확 잡더니 '지겨워!' 이러는 거야. 그러더니 맛있는 거 먹자며 너네 집으로 데려갔어. 그때 먹었던 게 비빔밥인데, 난 지금도 그 비빔밥이 제일 맛있어. 내가 밥을 잘 먹기 시작한 게 그때부터일걸? 우리, 편의점 갈 돈 모아서 고기도 구워 먹었던 거 생각나? 아무튼 휘곤이한테 그 얘기를 해 줬지. 꼬맹이 민서윤도 요리를 잘했는데, 지금은 어떻겠느냐고?"

"……그러니까 휘곤이가 뭐래?"

"흠…… 반응은 별로였어. 자기가 먹고 싶은 건 된장국인데 너는 못 할 거라나? 말도 안 되지? 우리 민서윤을 뭘로 보고. 네가 이해해. 걘 아직 밥맛이 없잖아. 아무튼 내가 분명히 말했어. 사과하라고."

체리는 의기양양하게 전화를 끊었다. 사과하고 싶은 건 서윤이었다. 서윤은 한참 휴대전화를 만지작거리다가 크게 숨을 들이마신 다음 단번에 문자를 써 내려갔다.

김휘곤, 오늘 미안해. 내가 아무 생각이 없었어. 사과의 의미로 뭔가 해 주고 싶어. 혹시 먹고 싶은 거 없어? 너, 너무 안 먹는 것 같아.

휘곤은 답을 보내지 않았다. 서윤은 잠이 오지 않아 여느 때처럼 요리 동영상을 찾아보았다. 호랑의 채널에 새로운 동영상이 떴다는 알람은 무시하고 보지 않았다.

20.
비와 달리기와 된장국

"비나 더 와라."

투명한 우비 차림의 서윤은 상지천 산책길을 걸으며 중얼거렸다. 아침 내내 비가 온 상지천은 야금야금 산책길을 없애고 있었다. 두리번거리던 서윤은 커다란 나무 밑 벤치를 발견했다. 나무 그늘이 제법 컸지만, 밤새 내린 비를 가리기에는 역부족이었던지 벤치는 흥건히 젖어 있었다.

'나도 참! 이런 날 뭐 하는 짓이람?'

예상을 했으면서도 서윤은 짜증이 났다. 벤치는 띄엄띄엄 놓여 있었기 때문에 서윤은 벌써 산책길의 반 이상을 걸었다. 우비는 챙겼지만, 장화는 오버다 싶어 안 신었는데, 덕분에 운동화가 다 젖어 버렸다. 서윤은 짜증스러운 눈빛으로 앞을 노려보았다.

'개피곤, 아무튼 짜증 나. 아, 나는 왜 그런 말을 해 가지고……. 완전 피곤, 개피곤. 무슨 올림픽 나갈 것도 아니고, 웬 달리기? 어이없어, 정말.'

상지천 반대편에서는 여전히 휘곤이 달리고 있었다. 서윤은 자신도 모르게 벤치 옆에 무릎을 접고 숨었다. 나무 그늘 때문에 보이지 않을 것이라 생각했지만, 보았다고 해도 휘곤은 모른 체할 것 같았다. 점심시간마다 급식을 먹는 둥 마는 둥 운동장으로 달려 나가는 휘곤의 뒤를 쫓아다닌 것이 일주일째였다. 첫날을 빼고 휘곤은 서윤을 투명인간 취급 했다.

"야, 김휘곤. 너 밥도 안 먹고 어디 가?"

눈에 띄게 수척해진 휘곤 때문에 신경이 쓰였던 서윤은 식당을 나서는 휘곤을 불러 세웠다.

"상관 안 해도 돼."

휘곤의 답변에 서윤은 말문이 막혔지만 지고 싶지 않았다.

"상관하기 싫지만, 너 내 문자도 씹었잖아."

"아무것도 먹고 싶지 않아."

"거짓말. 너, 아침에 빵도 손도 안 대고 점심은 반도 안 먹고……. 배가 안 고플 리 없잖아."

서윤의 말에 휘곤은 잠시 고개를 갸웃거리며 혼잣말을 했다.

"그러게……. 왜 배가 안 고프지?"

휘곤의 표정이 너무 멍해 보여서 서윤은 하마터면 손을 덥석 잡을 뻔했다. 손을 잡고 정신 차리라고 소리를 지를 뻔했다.

"뭐야, 너……. 좀비 같아."

"내가 뭘……. 너야말로 비켜. 나 축구 하러 가야 해."

"야, 배도 고픈데 무슨 축구야? 너, 그러다가 쓰러져! 사람은 밥심인데, 그렇게 안 먹으면 진짜로 쓰러진다니까?"

서윤은 휘곤의 뒷모습에 대고 잔소리를 했다. 휘곤이 뒤를 돌아보았다.

"아, 그 말은…… 우리 할머니도 맨날 그렇게 말했는데……. 할머니가 아침마다 된장국에 밥을 말아서……."

"된장국 먹고 싶어?"

잠시나마 평소 표정이었던 휘곤이 다시 멍한 얼굴이 되었다. 그러고는 생각났다는 듯 운동장 가운데로 달려 나갔다. 휘곤은 하루도 빠짐없이 운동장을 뛰고 있었다. 너무 더워서 축구 할 인원이 모이지 않아도 휘곤만은 땀을 뻘뻘 흘리며 달리기를 했다. 서윤은 휘곤이 거의 온종일 뛴다는 것을 알게 되었다. 등하교 때도 아파트에서 학교까지 30분 이상을 뛰었고, 점심시간이나 학원에 가기 전 저녁 식사 시간에도 쉼 없이 뛰었다. 서윤은 비가 주룩주룩 내리는 토요일, 휘곤이 상지천을 세 시간이나 뛰는 것을 보고는 결심했다. 반드시 저 말도 안 되는 달리기를 멈추게 하겠다고. 일요일 아침, 혹시나 했던 서윤은 비 오는 상지천을 뛰는 사람을 보고는 휘곤이라고 확신했다.

'내가 미친다니까!'

서윤은 고개를 절레절레 저으며 우비를 챙겨 입고 상지천으로 내려갔다. 서윤은 휘곤을 만나면 뭐라고 해야 할지 생각하며 기다렸다. 하지만 건너편 산책길에서 사라진 지 15분이 지났는데도 휘곤이 나타나지 않았다. 서윤은 더 이상 기다릴 수 없어 종종걸음으로 나무가 우거진 산책길로 향했다. 그러고는 깜짝 놀라고 말았다.

"야! 김휘곤!"

길 위에 대자로 쓰러져 있는 사람은 휘곤이 분명했다. 서윤은 정신없이 휘곤을 향해 달려갔다.

'심장이 멈췄으면 어떻게 하지? 응급 처치는 뭐부터 해야 하더라…….'

서윤은 머리가 하얘진 것 같았다.

"어…… 또 민서윤이네?"

길바닥에 누운 채 고개를 든 휘곤의 얼굴이 또렷이 보였을 때, 서윤은 속도를 줄이느라 넘어질 뻔했다. 새카만 휘곤의 얼굴에 눈동자만 반짝거렸는데, 그 눈동자가 웃는 것처럼 보였다. 그제야 서윤은 자신의 얼굴이 엉망일 거란 생각이 들었다. 급하게 달리느라 숨은 가빴고, 휘곤이 기절했을지도 모른다는 생각에 거의 울 뻔했다. 그런 얼굴을 멀쩡한 김휘곤에게 들켰다는 것이 화가 나 서윤의 얼굴은 화끈거렸다.

"개피곤, 너, 미쳤냐? 비 오는 날 바닥에 누워 있고?"

"힘들어서."

"힘들면 집에 가면 되잖아. 그리고 뛰더라도 왜 하필 여긴데?"

"상지천이 운동하기 좋잖아. 오늘은 사람도 없고…….."

"……이 답답아, 사람이 왜 없겠냐고? 홍수라도 나면 사고 나니까 없겠지!"

"어, 정말? 그럼 위험하잖아. 민서윤, 넌 왜 여기에 있어? 얼른 나가자."

휘곤은 서두르며 자리에서 벌떡 일어섰다. 그 모습을 어이없이 지켜보던 서윤은 갑자기 휘청거리는 휘곤을 부축했다. 휘곤이 혼잣말처럼 중얼거렸다.

"아, 배고파⋯⋯."

서윤의 귀가 번쩍 뜨였다.

"배고파? ⋯⋯저기 말이야⋯⋯. 내가 된장국 싸 왔는데, 먹어 볼래?"

휘곤은 서윤이 가리키는 배낭을 한번 보더니 미안한 표정이 되었다.

"저기⋯⋯ 난 별로⋯⋯."

휘곤이 고개를 저으려는 찰나, 서윤은 휘곤의 팔을 붙잡았다. 그러고는 산책길 옆 나무 밑으로 데려가며 말했다.

"별로라고 말하지 말고, 딱 한 숟갈만 먹어 봐. 그러고도 별로면 먹지 말고."

서윤은 주섬주섬 벗은 우비를 바닥에 깔았다. 그리고 배낭에서 보온병과 수저통을 꺼냈다. 보온병을 열자마자 휘곤이 고개를 갸웃거리며 코를 킁킁거렸다.

"어, 이 냄새는⋯⋯. 이거, 할머니 된장국 냄새인데?"

서윤을 건너다보는 휘곤의 눈동자에 의아함이 가득했다. 서윤은 쑥스럽다는 듯 뒷머리를 긁적였다.

"한번 맛만 봐 봐."

휘곤은 조심스레 보온병을 입에 가져다 댔다. 서윤은 침을 꼴깍 넘기고는 속삭이듯 물었다.

"어때? 비슷해?"

휘곤의 눈이 휘둥그레졌다.

"완전히 똑같아. 민서윤, 어떻게 된 거야?"

서윤은 가방에서 작은 그릇을 하나 더 꺼냈다.

"이거 밥이야. 이거랑 된장국이랑 다 먹으면 말해 줄게."

"여기서?"

휘곤은 주위를 돌아보았다. 서윤도 새삼스레 돌아보았다. 구름은 낮게 깔려 있었고, 상지천 개울물은 이제 산책길 반이나 먹어 버렸다. 당연히 아무도 없었다. 서윤이 고개를 끄덕이자 휘곤은 된장국에 밥을 말아 한 숟가락씩 떠먹기 시작했다.

"그때, 네가 냉장고에 있던 거 가져가라고 했잖아. 그 안에 너희 할머니가 보내 주신 된장이 있었어."

"하지만 이 맛은 아니었는데……."

"그건 곤드레 나물 때문일 거야."

"곤드레 나물?"

"응. 네가 싸 준 것 중에 곤드레 나물도 있었거든. 나는 그냥 비빔밥이나 나물만 해 먹는 줄 알았는데, 곤드레를 된장국에 넣기도 하더라고. 그래서 한번 만들어 본 거지. ……정말 할머니 거랑 맛이 비슷해? 너, 울어?"

서윤의 말에 휘곤은 고개를 들더니 절레절레 저었다.

"울긴 누가?"

"뭐, 울면 어때? 나라면 매일매일 울었을 거야. 괜찮아질 때까지."

"……괜찮아지지 않을 것 같아."

"흠…… 그래도 밥은 먹어야 한다고 생각해. 굶으면 할머니가 슬퍼하실 거야. 할머니가 사람은 밥심이라고 했다며?"

서윤의 말에 휘곤이 피식 웃었다. 서윤이 얼마 만의 웃음인지 모르겠다고 생각하고 있는데, 갑자기 휘곤이 고개를 숙이더니 물었다.

"그런데 너 호랑 선생님한테 나랑 유튜브 하고 싶다고 했다면서? 나를 설득해 달라고 했다고 하시던데, 왜 그런 거야? 넌 싫어했잖아."

"아, 호랑 님도! 설득해 달라고 한 적은 없거든?"

"그렇지? 나도 이해가 안 돼서 아무 말도 안 했어."

"이해가 안 되면 나한테 물어보면 됐잖아."

"하지만 너하곤……. 난 네가 화나 있을 거라고 생각했어."

휘곤이 서윤의 시선을 피했다. 서윤은 고개를 저었다.

"아냐. 그때 미안했던 사람은 나야. 네가 얼마나 슬픈지도 모르고 이상한 말이나 해서 미안. 아무튼 그건 그렇고, 유튜브는 할 거야, 말 거야?"

"……네가 한다면……."

휘곤은 쑥스러운 듯 보온병을 들여다보며 숟가락질을 했다. 그 모습을 보던 서윤은 그동안 궁금했던 것을 물어보기로 했다.

"그런데 말이야, 너 왜 그동안 유튜브 안 한 거야? 내 말은,

할머니 돌아가시기 전에."

"네가 안 한다고 했잖아."

"……호랑 님 말로는 다른 애랑 같이 할 수도 있었다면서?
미디어 센터에서 만났던 애 중에 너랑 하고 싶다고 한 애들도
있었다던데?"

서윤의 말에 휘곤의 숟가락질이 멈췄다. 휘곤은 서윤을 똑바
로 보며 말했다.

"나는 네가 좋아."

순간 서윤은 심장이 10초 정도 멈췄다고 느꼈다. 숨 쉬는 것
을 잊어버렸다는 것이 생각났을 때는 심장에서 몽글몽글한 기
분이 퍼지기 시작했다. 서윤은 아무 말도 못한 채, 그저 휘곤을
빤히 쳐다보았다. 그러자 휘곤의 얼굴도 점점 붉어졌다.

"아…… 내 말은 그게 아니고…… 아니, 그게 아니라……."

그때였다. 후두둑 소리가 요란하더니 나뭇잎에서 미끄러진
빗방울이 휘곤과 서윤의 머리 위로 쏟아지기 시작했다.

"앗! 된장국!"

휘곤은 손바닥으로 보온병을 막았다. 서윤이 보온병을 받아
배낭에 넣자, 휘곤도 우비를 들고 서윤에게 다가갔다.

"우비 입어, 민서윤."

갑자기 휘곤이 뒤에서 말을 걸자 서윤은 화들짝 놀라 뒤를
돌아보았다. 휘곤이 우비를 입기 좋게 들고 서 있었다. 서윤은
휘곤의 눈과 마주쳤다. 빗방울이 뚝뚝 떨어지는 앞머리 때문인
지 휘곤은 눈을 가늘게 뜬 채 빠르게 불어나는 수위를 흘깃거

리고 있었다.

'김휘곤, 콧날이 있었네…….'

서윤의 머릿속에 맥락 없이 그런 생각이 떠올랐다. 그러자 다시 기분이 몽글몽글해졌다. 서윤은 뭔가 불편하다고 생각하며 휘곤의 손에서 우비를 건네받아 배낭에 넣었다.

"벌써 다 맞았어. 그리고 너도 다 젖었잖아."

"아……."

휘곤은 고개를 끄덕이며 서윤의 뒤를 따라 걸었다.

"서윤아, 너 집으로 갈 거지?"

"응. 왜?"

"상지천 따라가면 우리 아파트 나오잖아. 네가 집에 가면 난 이쪽으로 가려고."

"걸어간다고? 말도 안 돼. 이대로 가면 감기 걸릴걸?"

"괜찮아."

"안 돼. 우리 집에 가자. 우리 아빠 이제 일어났을 거야. 아빠한테 운동복 빌려 입고 가."

"너희 아빠? 하지만 그건……."

"얼른 와."

서윤은 총총거리며 계단을 올라갔다. 휘곤이 뒤에서 뭐라고 하고 있었지만, 세찬 빗소리 때문에 들리지 않았다. 서윤의 귀에 들리는 것은 자신의 뒤를 따라 돌로 만든 계단을 오르는 휘곤의 발소리뿐이었다.

21.
모든 첫사랑은 예쁘다

계단 위로 올라와 보니 차들이 도로를 쌩쌩 달리고 있었다. 차 때문에 인도 쪽에는 파도처럼 연이어 물보라가 쳤다. 사람들은 물벼락을 피해 인도 끝 쪽으로 종종걸음을 쳤다. 하지만 서윤과 휘곤은 인도 가운데를 느긋하게 걸었다. 상지천 쪽을 내려다보니 송곳처럼 꽂히는 빗줄기에 냇물도 쉴 새 없이 삐죽거리고 있었다. 서윤과 휘곤만이 이 세상과 상관없는 특별한 사람 같았다. 횡단보도 앞에 멈춰 서니 빗물이 목덜미를 타고 들어와 몸에 살짝 소름이 돋았다. 간지럽다는 느낌과 함께 갑자기 듣고 싶은 음악이 생각났다. 서윤은 휘곤과 들어야겠다고 생각하며 휴대폰을 꺼냈다. 그때 갑자기 휘곤이 서윤의 팔을 잡아채더니 자신의 뒤로 밀었다.

"아, 깜짝이야!"

깜짝 놀라 고개를 드는데, 순간 우회전하던 자동차가 횡단보도를 급하게 지나치고 있었다. 그 탓에 휘곤이 물벼락을 맞았다.

"아, 저 차 뭐야? 김휘곤, 어떻게 해? 다 젖었어!"

서윤은 휘곤의 완전히 젖은 티셔츠를 보며 속상한 표정을 지었다.

"괜찮아. 원래 젖어 있었는데, 뭐. 나 아무래도 지하철은 못 탈 것 같아. 얼른 뛰어갈게."

"아, 안 된다고!"

서윤은 휘곤의 팔을 잡았다. 그러고는 고개를 저으며 말했다.

"이렇게 젖은 채로 가면 감기 걸릴 텐데, 그러면 점심도 안 먹을 거 아냐? 우리 집에서 아빠 추리닝 갈아입고, 생강차도 마시고 가. 우리 집 감기약이야, 그거."

휘곤은 뭐라고 해야 할지 모르겠다는 표정으로 횡단보도 맞은편을 건너다보았다.

"어, 저기 너희 어머니 아니야?"

휘곤이 가리키는 쪽을 보니 아파트 입구에 엄마가 서 있었다. 서윤이 손을 흔들자, 엄마가 마침 파란불로 변한 횡단보도를 건너왔다.

"아휴, 너희들 왜 이렇게 젖었어? 넌, 서윤이 친구니?"

"안녕하세요? 서윤이 친구 김휘곤입니다."

휘곤이 고개를 꾸벅하고 인사를 했다. 엄마의 시선이 느껴졌지만 서윤은 무시했다.

"엄마, 어디 가? 아침 안 먹고?"

"집에 찬밥 한 그릇밖에 없어서 아빠랑 브런치 먹으러 가기로 했어. 아빠 차 빼러 갔는데, 우린 네가 도서관에 간 줄 알았지. 그런데 아침부터 비 맞고 데이트 중이었어?"

"헐, 그런 거 아니거든?"

"아닌가? 아무튼 너희도 같이 갈래?"

아빠 차가 아파트 입구에서 나오는 것을 보며 엄마가 물었다.

"괜찮아요. 저는 집에 가는 길이었어요. 서윤아, 너는 부모님이랑 같이 가."

휘곤이 서윤에게 말했다. 서윤은 고개를 저었다.

"나도 브런치는 별로. 데이트는 두 분이서 다녀오세요."

"그래, 그럼. 엄마 아빠는 브런치 먹고 영화 보기로 했다. 서윤이 넌 어차피 기말고사 공부 할 거지? 휘곤아, 반가웠다!"

엄마가 아빠 차를 타고 떠나자 서윤이 휘곤의 팔을 잡았다.

"잘됐다. 엄마랑 아빠가 없으니까, 얼른 들어가서 옷 갈아입자."

휘곤이 서윤의 팔을 가만히 내려놓았다. 그러고는 어울리지 않게 심각한 표정으로 고개를 저었다.

"아무도 없는 데 남자랑 여자 둘이 있으면 안 된다고 할머니가 그랬어."

순간, 서윤은 웃음이 나올 것 같았지만, 휘곤의 진지한 눈을 보고는 얼른 고개를 숙였다. 그러고는 겨우 웃음을 참으며 중얼거렸다.

"그, 그래. 그건 알지만 감기 걸려서 내일 학교 못 오면 어쩌려고?"

"그런 일 없어. 가자마자 옷 갈아입을 거야."

"오늘은 안 뛸 거지?"

"응."

"밥도 잘 챙겨 먹을 거고?"

서윤의 질문에 휘곤이 미소를 지으며 고개를 끄덕였다. 미소 위로 다시 빗방울이 떨어지자 서윤도 다시 심장이 뛰는 기분이었다. 휘곤이 걱정되면서도, 휘곤에게 갈아입을 옷을 주는 것이 어색할 것 같았다.

"그래, 그럼 알았어. 얼른 가."

서윤은 이렇게 말하고는 횡단보도를 건넜다. 그때 휘곤이 서윤의 뒤를 따라왔다.

"민서윤."

서윤은 횡단보도 중간에 섰다. 휘곤이 서윤의 어깨를 슬쩍 잡고 아파트 쪽으로 길을 건넜다.

"아직도 신경 쓰이고 싶어?"

"뭐가?"

"사람들 댓글. 눈사람끼리는 사귀면 안 된다고 생각해?"

"어?"

휘곤의 눈길은 여전히 진지했지만, 서윤은 더 이상 웃음이 나오지 않았다. 휘곤에게 어떤 말을 할까 생각하는데, 갑자기 전화기를 통해 들었던 호랑의 말이 떠올랐다. 거울 속 얼굴이 괜찮다는 생각이 든 어느 날, 서윤은 호랑에게 전화를 걸었다.

"오늘 웃을 때 제 표정이 예쁘다는 생각이 들었어요. 이제 저도 다이어트 100% 성공할 가능성이 있는 거죠?"

"진짜 그렇게 보였다는 거지? 다른 사람들한테도 말할 수 있어?"

"음…… 솔직히 다른 사람들은 이런 말 하면 비웃어요. 호랑님이니까 이런 말을 하는 거지, 누가 들으면 재수 없다고 한단 말이에요."

"그럴 위험이 있지. 그래, 뭐…… 너하고 네 남친만 예쁜 줄 알면 되는 거니까."

"하지만 아무리 남친이라도 안 예쁜 게 예뻐 보이지는 않을 것 같은데요?"

"예뻐 보여. 사람들한테 물어보렴. 죄다 자기 첫사랑은 예쁘고 잘생겼다고 할걸? 결국 다 제 눈에 안경이란 말이야."

서윤은 휘곤을 건너다보았다. 휘곤은 어딘가 긴장된 표정이었다. 무슨 말을 해야 할지는 몰랐지만, 한 가지는 확실했다. 더 이상 댓글도 눈사람도 생각나지 않는다는 것이었다. 휘곤이 천천히 고개를 숙이며 중얼거렸다.

"역시 너랑 나는 안 되는 거겠지? 나 이번에 살이 좀 빠지고 키도 커졌는데……. 만약에 말이야, 내가 눈사람 탈출하면 네 생각이 바뀔까?"

휘곤의 말이 서윤의 가슴을 콕콕 찌르는 느낌이었다. 서윤은 미안한 마음을 지우기 위해 일부러 큰 목소리로 웃었다.

"야, 김휘곤. 생각을 좀 해라. 사귀는 데 무슨 자격이 있냐?

얼굴 천재만 연애하면 인류가 망하게?"

"인류가 망한다고?"

"유전적 다양성, 모르냐? 비슷한 유전자끼리만 섞이면 멸종하기 쉽다잖아. 이 세상은 다양해서 의미가 있는 거라고! 아, 됐고, 우리 집에 안 갈 거면 얼른 집에나 가. 대신 너, 점심 뭐 먹었는지 꼭 사진 올려라!"

서윤의 말에 휘곤은 고개를 크게 끄덕였다.

"너도!"

"나도?"

"그래. 넌 뭘 좋아해?"

"나?"

휘곤의 말에 서윤은 고개를 갸웃거렸다. 휘곤은 서윤을 향해 환하게 웃고는 뒷걸음질로 걷기 시작했다. 서윤은 갑자기 얼굴이 뜨거워지는 느낌이었다. 휘곤이 사진 보내라는 시늉을 하고는 손을 흔들었다. 서윤은 붉어진 얼굴을 들킬까 봐 뒤돌아 뛰기 시작했다. 잠시 잦아들던 빗줄기가 다시 굵어지기 시작했다.

'휘곤이 가는 동안에는 좀 그치면 좋겠다……. 그런데 찬밥밖에 없다고? 내가 좋아하는 거라……. 달걀누룽지볶음밥을 해 먹을까? 엄마가 해 준 맛이 날까 몰라. 사진이 잘 나오려나? 된장국이 좀 남았으니까 감자를 더 넣고 끓여야지. 김휘곤, 분명 볶음밥 해 달라고 할걸? 음식 사진은 김휘곤이 찍어야 하는데…….'

좋아하는 아침밥 재료가 집에 다 있다고 생각하니 서윤은 기분이 좋아졌다. 사진을 내려다볼 휘곤의 귀여운 얼굴이 떠올랐다. 서윤은 한시라도 빨리 요리를 하고 싶어 초조하게 엘리베이터를 기다렸다. 서윤의 머리칼에서 초록 빗방울이 톡 하고 떨어졌다.

작가의 말

한 번도 예쁘다는 말을 들어 본 적 없는 여자아이가 있었습니다. 누구나 예쁘다는 어린 시절에도 아이는 그 말을 듣지 못했다죠. 그래서 아이는 자신이 못났다고 생각하며 자랐습니다. 외모는 중요하지 않다는 말은 전혀 위로가 되지 않았죠. 어른들조차 예쁘고 잘생긴 아이를 좋아한다는 것을 알았거든요. 아이는 어찌어찌 작가라는 직업을 가진 어른이 되었습니다. 그리고 어느 날 문득 세상에서 자기를 가장 미워하는 사람이 자신이라는 것을 알아차렸습니다. 부당하다는 생각이 들었어요. 그렇게 미워할 만큼 스스로에 대해 잘 알아본 적도 없었으니까요. 친구를 사귀듯 자신에게 손을 내밀어 보기로 했습니다. 저는 그렇게 겨우 저 자신이 되었습니다.

저는 21세기 소녀와 소년들은 자신을 예뻐했으면 좋겠다고 생각했습니다. 하지만 그러기에 세상은 더 위험해졌죠. 서윤이, 휘곤이, 체리 들이 걱정되었어요. 하지만 걱정과는 달리 아이들은 튼튼하고 밝았습니다. 작가 따위 없어도 알아서 잘 헤쳐 나가더라고요. 한마디는 꼭 하고 싶었는데, 잔소리라 생각했는지 끼어들 틈도 주지 않았습니다. 그래서 그냥 여기에 쓰기로 했습니다.

"먹고, 운동하고, 사랑하라."

유명한 소설 제목 같아서 망설여지기는 했는데, 꼭 명령어로 말하고 싶었어요. "먹고 운동하고 사랑하는 게 어떨까요?", "먹고 운동하고 사랑하는 게 좋을 것 같아요."보다는 믿어 보고 싶은 어투잖아요.

저는 자라면서 참으라는 말을 많이 들었습니다. 공부를 위해 잠을 참고, 운동하거나 놀고 싶은 것도 참고, 누군가를 좋아하는 마음도 참으라고 들었죠. 게다가 예뻐지려면 먹을 것도 참아야 하더군요. 그렇게 참고 참아서 공부를 하고, 취직을 하고, 다이어트도 해 봤는데, 하나도 행복하지 않았습니다. 그래서 확신하게 되었죠. 진짜 중요한 것은 기본을 지키는 것이라는 것을요. 바빠도 화장실에 가야 하듯이, 아무리 심각해도 물을 마셔야 하듯이, 사람에게는 살아가기 위한 기본 조건이 있습니다. 그것들을 무시하면 생존할 수 없죠. 그러니 기본적인 것을 참으라고 하는 말은 일단 의심해야 합니다. 자신을 지키기 위해서요. 잘 먹고, 잘 자고, 잘 놀고, 적당히 운동하고, 사랑하는 마음을 갖는 것. 이 조건이야말로 행복의 기본 아닐까요?

건강한 사람만이 맛있게 먹고, 힘차게 운동할 수 있죠. 그 건

강함이 누군가를 사랑할 수 있는 예쁜 마음도 만들어 내고요. 외모가 아무것도 아니라는 말은 하지 않을 거예요. 뛰어난 외모가 살아가는 데 얼마나 유리한지 충분히 봤거든요. 하지만 기억해야 할 것은 아름다움의 기준이 하나가 아니라는 거예요. 사람의 눈은 제각기 달라서 몸과 마음이 건강하다면 누군가에게는 예쁘게 보일 수밖에 없죠. 스스로를 못났다고 생각하는 사람에게서 느낄 수 없는 밝고 환한 분위기가 있거든요. 그러니까 먹고, 운동하고, 사랑하세요. 다이어트 하지 않아도, 화장하지 않아도, 진짜 예뻐질 거니까요.

이 말을 듣고 그렇다고 고개를 끄덕일 천사 같은 윤희 언니, 세 아이를 발견해 준 영민, 인생 최고의 선물인 혜인, 민재, 지은, 지원, 그리고 새벽 4시를 함께해 준 푸른 달빛에 고맙습니다. 마지막으로 말하지 않아도 알고 있을 나의 예쁜 사람들, 덕분에 제가 행복하다는 것을 알아주세요.

2019년 11월 1일
조정현